AF187372

Tucholsky Wagner Zola Scott Sydow Freud Schlegel
Turgenev Wallace Fonatne
Twain Walther von der Vogelweide Fouqué Friedrich II. von Preußen
Weber Freiligrath Frey
Kant Ernst
Fechner Fichte Weiße Rose von Fallersleben Richthofen Frommel
Hölderlin
Engels Fielding Eichendorff Tacitus Dumas
Fehrs Faber Flaubert
Maximilian I. von Habsburg Fock Eliasberg Zweig Ebner Eschenbach
Feuerbach Ewald Eliot Vergil
Goethe Elisabeth von Österreich London
Mendelssohn Balzac Shakespeare Dostojewski Ganghofer
Lichtenberg Rathenau
Trackl Stevenson Doyle Gjellerup
Mommsen Tolstoi Lenz Hambruch Droste-Hülshoff
Thoma Hanrieder
Dach Verne von Arnim Hägele Hauff Humboldt
Reuter
Karrillon Rousseau Hagen Hauptmann Gautier
Garschin
Defoe Hebbel Baudelaire
Damaschke Descartes
Hegel Kussmaul Herder
Wolfram von Eschenbach Dickens Schopenhauer Rilke George
Bronner Darwin Melville Grimm Jerome
Campe Horváth Aristoteles Bebel Proust
Bismarck Vigny Barlach Voltaire Federer Herodot
Gengenbach Heine
Storm Casanova Tersteegen Grillparzer Georgy
Lessing Gilm
Chamberlain Langbein Gryphius
Brentano Lafontaine
Strachwitz Claudius Schiller Kralik Iffland Sokrates
Katharina II. von Rußland Bellamy Schilling
Gerstäcker Raabe Gibbon Tschechow
Löns Hesse Hoffmann Gogol Wilde Gleim Vulpius
Luther Heym Hofmannsthal Klee Hölty Morgenstern
Roth Heyse Klopstock Goedicke
Luxemburg Puschkin Homer Kleist
La Roche Horaz Mörike Musil
Machiavelli Kierkegaard Kraft Kraus
Navarra Aurel Musset
Nestroy Marie de France Lamprecht Kind Kirchhoff Hugo Moltke
Laotse Ipsen Liebknecht
Nietzsche Nansen
Marx Lassalle Gorki Klett Ringelnatz
von Ossietzky May vom Stein Lawrence Leibniz Irving
Petalozzi
Platon Knigge
Sachs Poe Pückler Michelangelo Kock Kafka
de Sade Praetorius Mistral Liebermann Korolenko
Zetkin

Der Verlag tradition aus Hamburg veröffentlicht in der Reihe **TREDITION CLASSICS** Werke aus mehr als zwei Jahrtausenden. Diese waren zu einem Großteil vergriffen oder nur noch antiquarisch erhältlich.

Symbolfigur für **TREDITION CLASSICS** ist Johannes Gutenberg (1400 — 1468), der Erfinder des Buchdrucks mit Metalllettern und der Druckerpresse.

Mit der Buchreihe **TREDITION CLASSICS** verfolgt tradition das Ziel, tausende Klassiker der Weltliteratur verschiedener Sprachen wieder als gedruckte Bücher aufzulegen – und das weltweit!

Die Buchreihe dient zur Bewahrung der Literatur und Förderung der Kultur. Sie trägt so dazu bei, dass viele tausend Werke nicht in Vergessenheit geraten.

März-Almanach

Adolf Glaßbrenner

Impressum

Autor: Adolf Glaßbrenner
Umschlagkonzept: toepferschumann, Berlin

Verlag: tredition GmbH, Hamburg
ISBN: 978-3-8424-8993-6
Printed in Germany

Rechtlicher Hinweis:
Alle Werke sind nach unserem besten Wissen gemeinfrei und
unterliegen damit nicht mehr dem Urheberrecht.

Ziel der TREDITION CLASSICS ist es, tausende deutsch- und
fremdsprachige Klassiker wieder in Buchform verfügbar zu
machen. Die Werke wurden eingescannt und digitalisiert. Dadurch
können etwaige Fehler nicht komplett ausgeschlossen werden.
Unsere Kooperationspartner und wir von tredition versuchen, die
Werke bestmöglich zu bearbeiten. Sollten Sie trotzdem einen Fehler
finden, bitten wir diesen zu entschuldigen. Die Rechtschreibung der
Originalausgabe wurde unverändert übernommen. Daher können
sich hinsichtlich der Schreibweise Widersprüche zu der heutigen
Rechtschreibung ergeben.

Adolf Glaßbrenner

März-Almanach.

Motto:

1849 – 1850

Immer'n bisken zurück, immer'n bisken zurück
Zu det alten Unterthanenjlück!

Neueste Nachrichten
für deren Wahrheit nicht eingestanden wird.

Frankfurt a. M. Der Bundestag, welcher am 9. März 1848 die *Herbeiziehung von Vertrauensmännern* beschloß und am 13. Juli d. J. seine *letzte Sitzung hielt*, beabsichtigt, sich in diesen Tagen in einen *siebenköpfigen Drachen* zu verwandeln, in dessen Gesichtern fünf ein kleines Mündchen, zwei dagegen das große Maul haben sollen. – Unser Reichskriegsminister v. Peucker trifft bereits alle nothwendigen Vorbereitungen zu einer entscheidenden Schlacht gegen das deutsche Volk.

Stern Venus. Die Posten vom Jupiter sind heute ausgeblieben, wodurch die Papiere bedeutend gesunken sind. Wassermann-Krebs hielten sich 87¾.

Sibirien. Der hiesige demokratische Verein hat sich für Aufhebung des Belagerungszustandes erklärt, sobald – durch strenge Gesetze gegen Presse, Vereinigung und Aufruhr die Ruhe des Staates garantirt ist.

Neapel. Unser neuer, höchst geschmackvoll eingerichteter Galgen ist fertig. Es sind keine Kosten gespart, ihn in einer, seinem hohen Zwecke entsprechenden Weise auszustatten. Die Stufen sind mit purpurnem Sammet überzogen. – Ganz Europa sieht in diesen Tagen einem freudigen Ereignisse entgegen.

Genf. Die fromme Gräfin Landsfeld ist zur Fürstin Ludovika Pegasus erhoben worden. Aus Dankbarkeit hat Ihro Durchlaucht der jetzigen bairischen Krone ihre Reitpeitsche übersendet.

Finnischer Meerbusen. Hier wurde vor Kurzem das Gerücht verbreitet, in Deutschland hätte im vorigen Jahre eine Revolution stattgefunden.

Hohenzollern-Hechingen. Unsere Regierung hat, um dem Lande die unnützen *Druckkosten* zu sparen, beschlossen, das »Hohenzollern« wegzulassen. – Wir sind hier sehr gespannt auf die Begebenheiten, welche sich in *Preußen* vorbereiten.

Meklenburg. Unserm Volke wurde in einem heut erschienenen Erlasse der Wohnsitz und das Niederlassungs-Recht gekündigt, da

Meklenburg fortan zu einer *Adels-Kolonie* benutzt werden soll. Da der arme, bedauerswerthe Adel in den andern gebildeten Ländern Europa's nächstens mit Stumpf und Stiel ausgerottet werden soll, so dürfte diese Maßregel eine sehr gerechtfertigte genannt werden.

Oldenburg. Um unsern, uns so theuern Fürsten zu erhalten, haben wir ihm eine Civilliste von 180,000 Thaler und ein absolutes Veto gegeben. Wir gestehen ein, daß wir namentlich die 180,000 Thaler dem ärmern Theile der Einwohner gern gespart hätten, aber es war nicht zu machen. Ohne diese 180,000 Thaler hätten wir keinen Fürsten mit einem absoluten Veto erhalten und unser braves Volk wäre sich selbst überlassen gewesen.

Kopenhagen. Gestern ist hier durch Vermittlung des preußischen Consuls eine Kiste Champagner angekommen.

Hannover. Seine Majestät der König ist noch immer consequent.

Teltow. (Von unserm gewöhnlichen Correspondenten). Heil Dir im Siegerkranz!

Großer Bär. Unser Wilhelm ist in Teltow zum Mitglied der ersten Kammer gewählt worden.

Ostsee. Unsre Stockfische haben sich erklärt, dänisch bleiben zu wollen.

Mailand. Auf dem Corso francesco wurde gestern das östreichische Ministerium vom Bamabba (Pöbel) und den Lioni's (Edelleuten) *in effigie* aufgehängt. Wir bedauern das sehr.

Großer Belt, Kleiner Belt. – Hier wird nicht gebissen.

Wien. Unser neuer Kaiser erwirbt sich fortwährend die Liebe seines getreuen, glücklichen Volkes. – Gestern wurden 10 Bürger erschossen, welche sich allerdings nicht ganz vorsichtig über einige Regierungsmaßregeln ausgedrückt hatten; 20 Andere *verschwanden*. – Die Verbindung mit Rußland und die wieder aufgenommene Freundschaft mit Metternich ist ein neuer Beweis von der aufrichtigen Gesinnung unsres erhabenen Adels. Wir werden nicht versäumen, bei erster Gelegenheit unsern Dank bei allen Mitgliedern desselben persönlich abzustatten. Die monarchische Staatsform ist gesichert.

London. Ihre Majestät die Königin Victoria, welche sich vor Kurzem herablassend nach dem Befinden Irlands erkundigten, erhielten gestern die etwas mysteriöse Antwort:»Immer *nicht so,* wie Eure Majestät *fast immer.*«

Petersburg. Die von dem bekannten Techniker Glaßbrenner im Jahre 1847 erfundene und hier bereits eingeführte»Dampf-Prügel-Maschine« bewährt sich außerordentlich. Da die Zahl der zu Prügelnden täglich mit der beginnenden Aufklärung wächst, so hätte ohne diese Maschine dem Staatsbedürfniß keinesweges entsprochen werden können. Seine Majestät der Kaiser haben dem Erfinder Allerhöchstihr Portrait mit Brillanten zustellen lassen. Das Portrait ist bereits zurückgekommen.

Deutschland. Gestern erhielt der hier sich aufhaltende diesjährige *März* vom vorjährigen ein Schreiben, in welchem sich nur das Wort »*Schwachkopf!*« befand.

Ocean. Vom 10. März. Hier hat es gestern ein gräßliches Unglück gegeben. Die deutschen Arbeiter, welche an der Ausbesserung der Sonnenlinie beschäftigt waren, forderten höheren Lohn. Der im Auftrage der deutschen Centralgewalt hierselbst anwesende reichsmarinirte Jordan wollte sie durch eine Rede beruhigen, in der er ihnen die Zustände schilderte, welche durch die nicht ohne Belohnung gebliebenen Anstrengungen seiner Partei jetzt im Vaterlande erreicht sind. Kaum hatte er seine sehr *gehaltvolle* Rede zu Ende gebracht, so stürzten sich sämmtliche Arbeiter in's Meer.

Mond. † Vor einigen Tagen, als wir eine totale Finsterniß hatten, erfreuten wir uns des Besuches des deutschen Unterstaatssekretairs Bassermann. Derselbe gefiel sich hier zuerst sehr wohl, besuchte mehrere öffentliche Vergnügungsörter und klatschte lauten Beifall, als er in unserm *Cirque olympique* das beliebte »schnelle Umsatteln« der dortigen Künstler mitansah. Plötzlich aber reiste Herr Bassermann wieder hinunter, *indem er sich an eine eben abgehende Sternschnuppe anklammerte.* Einige schreiben diesen eiligen Entschluß dem Aufhören der Finsterniß und dem Zunehmen des Mondes zu. Andere erzählen: neben ihm im Hôtel habe ein Republikaner logirt, der einen lebhaften Traum gehabt hätte.

Pecking. Unser Kaiser hielt gestern eine große Parade vor dem Hoho-Thore ab. Auf Commando des *Oberschuhputzers* (hier die höchste militairische Charge) schrieen die Soldaten 3½ Mal Hurrah. Die Liebe des Volkes zu seinem Herrscher ist dadurch auf's Unzweifelhafteste festgestellt.

Carlsbad. Unsre Stadt ist in voller Arbeit für den hierselbst in diesen Tagen stattfindenden *Congreß allerhöchster und höchster Personen*. Derselbe wird des Princips wegen in *zwei Kammern* stattfinden. In der ersten werden der Kaiser von Rußland und Oestreich, die Könige von Preußen, Baiern, Dänemark, und die Herren Windischgrätz, Metternich und Wrangel sitzen; in der zweiten die Herren Klempner Loeff, *Dr.* A. Schubert aus Dramburg, v. Vincke, Louis Schneider, Bassermann, Thadden-Trieglaff, Prediger Sydow, v. Abel, v. Radowitz und Assessor Wagner.

Der deutsche Kaiser.

Eine Vision.

Erster Gesang.

Den Fürstenbund seh' ich in Frankfurt am Main
Sehr weise beisammen. Was thut er?
Er wählt einen Kaiser von Deutscheland sich
Mit Majorität, absoluter.

Es ist ein Mann aus dem Fürstengeschlecht,
Man sieht's an der prachtvollen Nase;
Sie schreien und schreien Hurrah und Hurrah,
Und gerathen beinah' in Extase.

Bedingung der Wahl war: Richtiges Deutsch,
Vernunft und bill'ge Regierung,
Eine höchste Geburt, ein adliges Herz
Und bürgerliche Manierung.

Das Alles vereinigte Gottlieb in sich,
Kaiser Gottlieb von Deutschland der Erste;
Er war, als man rings die Tugenden wog,
Sehr balde erkannt als der Schwerste.

Von Figur war er klein, die Haltung war schlicht,
Die Constitution etwas mager;
Mund, Nase und Aug' waren freundlich und groß,
Die Beine indessen sehr hager.

Das Purpurornat war ihm viele zu lang,
Er thät auch darob sich beklagen;
Dagegen sah' man mit sanftem Gemüth
Ihn Zepter und Reichsapfel tragen.

Die Krone, sie wackelte hin und auch her,
Sie war ihm zu weit auf dem Haupte,
Weshalb man, zur Sicherheit, unter dem Kinn
Sie anzuschnall'n sich erlaubte.

Auf der Brust war ein roth Schild mit Schwarz und mit
Gold,
Wodurch sich die Einigkeit machte;
Die Größe des Augenblicks wurde gestört,
Weil einer der Zuschauer lachte.

Zweiter Gesang.

Und Gottlieb erhob sich und sprach: »Meine Herr'n,
Entschuldigen Sie: Ich bin Kaiser!
Und, fall's der Himmel mein Flehen erhört,
Ein guter, gerechter und weiser.

Das deutsche, das große und einige Volk,
Mein Volk hat es selbst so gewollet;
Ich bin seine Macht, seine Kraft wenn der Feind,

Der äuß're und innere grollet.

Durch göttlichen Beistand, mit Rath und mit That
Meiner hohen, durchlauchtigen Vettern
Werd' Ich immer beschirmen die feindliche Macht,
Und die Größe Deutschlands zerschmettern!

Nein, wollt' Ich sagen: die Macht Meines Reich's
Beschirmen, die Feinde zerschmettern!
Durch göttlichen Beistand mit Rath und mit That
Meiner hohen, durchlauchtigen Vettern.

Ich hab' einen ganz neuen Bundestag auch –
Der alte, das war ein höchst trister, –
Und damit durch *Mich* nie 'was Dummes geschieht,
Auch verantwortliche Minister.

Meine Krone ist erblich und ewig, doch soll

Stets ein männliches Glied sie nur tragen,
Und nimmermehr wird, deutscher Kaiser zu sein,
Eine Frau und ein Jungfräulein wagen!«

Dies ernste Geheiß ward vom Volk applaudirt,
Worauf sich der Kaiser verneigte,
Und, soweit es erlaubt das schwere Ornat,
Sich huldvoll herablassend zeigte.

»Mir ward,« fuhr er fort, »'ne Civilliste auch,
Jedoch mit möglichstes Schonung:
Dreißig Thaler pro Monat und außerdem noch
Frei Holz, frei Licht, freie Wohnung.

Ich will, so schwör' Ich, ein Bürger nur sein,
Will bürgerlich leben und sterben,
Und was von der Civilliste übrig Mir bleibt,
Das sollen die Arbeiter erben!

Die Kais'rin, Mein Gemahl, aus dem Wochenbett kaum
Und noch wieder nicht recht auf den Füßen,
Sie läßt, wie der neugebor'ne Prinz Karl,
Sie herzlich und gnädiglichst grüßen.«

Dritter Gesang.

Drauf sah' ich den Kaiser von Deutscheland
Umarmt von dem König von Preußen,
Und vornehm und lächelnd verneigen sich auch
Den Gesandten des Herrn aller Reußen.

Auch der Kaiser von Oestreich umarmete ihn;
Es lagen ihm ferner am Halse
Die Kön'ge von Sachsen und Würtemberg,
Und der von Bai'rn ebenfallse.

Auch der King von Hannover ritt muthig heran
Und küßte herab ihn vom Rosse;
Auch die Fürsten und Herzöge eilten herbei
Mit all ihrem glänzenden Trosse.

Auch Gera, Waldeck und Lippe-Detmold

Sie hingen an höchstseinen Lippen;
Auch Reuß-Greiz-Schleiz-Lobenstein-Eberswald
Thät höchstseine Lippen benippen.

Auch mußt' Majestät von Frankfurt am Main,
Von Hamburg und Lübeck und Bremen
Einen feurigen, republikanischen Kuß
Entgegen als Huldigung nehmen.

Drauf trug man ein Bild der Germania her,
Die küßte der Kaiser sehr innig;
Er küßte das ganze deutsch-einige Volk
In sothaner Manier äußerst sinnig.

Und als drauf das Küssen vorüber nun war,
Lud der Kaiser die Fürsten zu Tische:
Die Kaiserin warte schon mit dem Ragout,
Auch gäbe Salat es und Fische.

Die Fürsten aber, sie lehnten es ab:
Sie könnten nicht lange mehr bleiben; –

Sie müßten zu höchstihren Völkern zurück
Und Regierungsgeschäfte betreiben.

Sie schieden mit Inbrunst, indessen von fern
Kanonendonner erkrachte;
Die Größe des Augenblicks wurde gestört,
Weil einer der Zuschauer lachte.

Vierter Gesang.

Der Kaiser von Deutschland ging nun zu Tisch,
Und genoß dazu einen Schoppen,
Und ließ von einem Reichskammerherrn sich
Eine Pfeife mit Varinas stoppen.

Fünfter Gesang.

Er rauchte und trank eine Schaale Kaffee,
Nahm Abschied darauf von der theuern

Gemahlin, der Kais'rin, denn diese ließ nun
Von ihrem Dienstmägdelein scheuem.

Der Kaiser, er brummte ein Lied vor sich hin
Und ging vor das Thor promeniren;
Dort sah er mit majestätischem Blick
Rekruten im Staub exerciren.

Er sah, wie die Kinder beiden Geschlechts
Im Grase sich sonnten und wonnten;
Die Minister, sie gingen stets hinter ihm her,
Damit sie verantworten konnten.

Im Wirthshaus zum Krebse geruhete er
Am Gerstensaft sich zu erquicken,
Und griff der Kellnerin allerdurchlauchst
In die Wangen, die rothen und dicken.

Die Kellnerin aber verstand keinen Spaß;
Sie sagte: Das lassen's halt bleiben!
Sonst werd' ich unserm Reichskammergericht
Solche Uebergriffe beschreiben!

Das hörten die Gäste und standen ihr bei,
Es entspann ein Streit sich urplötzlich;
Die Minister, sie schoben den Kaiser hinaus,
Weil seine Person unverletzlich.

Sie nahmen die sämmtlichen Folgen auf sich,
Und sah'n sich bald wieder im Freien;
Sie schüttelten ihre Köpfe darob,
Wie leicht sich die Deutschen entzweien.

Sie setzten den Kaiser in eine Kalesch,
Und fuhren nach Hause und spielten;
Sie spieleten Boston, der Kaiser sah's nicht,
Wie sie in die Karten ihm schielten.

Sie spielten Revolution und Misere,
Bis daß die Talglichter erloschen;
Der Kaiser, er hatte schreckliches Pech,
Er verlor Einen Thaler Acht Groschen.

Letzter Gesang.

Noch sah ich den Kaiser dem Schlummer sich weihn,

Trotz des Schreiens von seinem Herrn Sohne;
Er trug noch die Krone, auf daß unser Reich
Keine Nacht wär' ohn' seine Krone.

Er stand noch am Bett eine Kleinigkeit still
Bei der Nachtlamp' spärlicher Glimmung;
Höchst wahrscheinlich dachte er Allerhöchst nach
Ueber seine Allerhöchste Bestimmung.

Dann sah' ich ihn schlafen so sorgenlos süß;
Ich hörte melodisch ihn schnarchen;
Er schlief fast wie ein ganz gewöhnlicher Mensch,
Der größeste aller Monarchen!

Und Deutschland war einig und mächtig und stark!
Seine Völker, es war'n seine Preiser!
Und alles Dieses und Alles allein
Durch seinen nothwendigen Kaiser!

O schöner, o lieblicher, herrlicher Traum,
Auch du bist vorbei – ich erwachte!
Mein Arzt stand bei mir und lachte so arg,
Daß ich selber von Herzen mitlachte.

Im Friedrichshain.

Wie sie so sanft ruhn, alle die Seligen! Als aus den Kanonen die sterbende Despotie brüllte und röchelte; als diese Seligen da unten noch ihr volles Leben muthig für Vaterland und Menschheit einsetzten; als aus ihrem Blute sich die Rosen des Völkerfrühlings färbten und ihr letzter Blick, der letzte Schlag ihres Herzens Freiheit! Freiheit! rief: da ahnten sie nicht, daß schon nach wenigen Tagen ihr Andenken beschimpft werden könnte! Sie starben mit dem himmlischen Lächeln der Tugend und der Ehre.

Und als *wir* der aufgehenden Sonne der Freiheit entgegenjubelten, und unsere Freudenthräne mit der Thräne des Schmerzes zusammenfloß; als wir die blutigen Narben auf der bleichen Stirn dieser theuern Brüder küßten, und ihr Haupt mit dem ewigen Lorbeer krönten; als wir diese Unvergeßlichen im feierlichen Zuge nach diesem Haine hinaustrugen, und Tausend und aber Tausend Seelen auf's Tiefste ergriffen waren: da sahen wir nicht, daß über den blumengeschmückten Särgen unsrer Heldenbrüder schon die Nachtvögel der Reaction krächzten, da hörten wir bei den Posaunentönen der Unsterblichkeit nicht das ferne Geblaff hündischer Gemeinheit, da ahnten wir nicht, daß hinter den letzten Leidtragenden schon die Gespenster der Sklaverei grinzten! Wir beteten das Morgengebet der Freiheit.

Und als das ganze weite Vaterland jauchzend die schwarzrothgoldene Fahne schwang über das glorreiche Berlin; als ganz Europa uns Lorbeerkränze und Blumen für diese Gräber schickte: da ahnte Deutschland und Europa nicht, daß die nächsten Menschenbrüder der Gefallenen sich im Pful tiefster Niedrigkeit baden und versuchen würden, Schlamm und Koth auf diese Gräber zu werfen! Europa segnete auch *diese* Helden der größten Epoche der Weltgeschichte, unserer heiligen Völkerschlacht gegen die Tyrannei.

Sie ist geschehen die Sünde der Sünden. Wir können's Euch nicht verschweigen, Ihr Brüder da unten, Ihr wißt es. – Die schöpferische Kraft des Menschen erreicht sein Ideal nicht, aber seine Verneinung, seine Gemeinheit ist ohne Grenzen. Ihr Brüder hier oben: unser Geist schrie Rache, aber unser Herz schlägt Versöhnung. – Da unten sättigen sich kleine kriechende Würmer von dem sterblichen Theil unsrer Brüder: es sind kleine kriechende Würmer, die an ihrer unsterblichen Ehre zehren wollen. Vielleicht giebt es Menschen, deren Tod nur das Ende ihres Strebens ist; vielleicht giebt es Menschen, deren ganzes Dasein und Sein von den Würmern aufgefressen wird. Wer nur *sich* lebt und nur *sich* stirbt, ist ein Raub der Verwesung. *Diese* hier unten lebten und starben für uns, für Vaterland und Menschheit: sie leben ewig! Sie leben in unsern Herzen, sie leben in den Dankgebeten unserer Kinder, sie leben in dem Buche der Geschichte: der Stern ihres Ruhms ist aufgegangen in der goldenen Flammenschrift des Himmels! In dem Buche der Geschichte aber giebt es keine bezahlten Insertionen, aus dem Sternengedichte Gottes spricht nur Schönheit und Größe, Liebe und Ruhm!

Wir sind feierlichen Ernstes, in unübersehbaren Reihen hierhergezogen, um das verletzte Andenken unsrer Heldenbrüder zu ehren. Ehren wir es würdig, indem wir unsern gerechten Zorn und unsere Verachtung gegen ihre Beleidiger aufgehen lassen in dem Schwur der Freiheit. *Zu Dir, Geist der Geister, schwören wir, daß unser Blut eines ist in dem Blute dieser Todten! Zu Dir schwören wir, daß sie leben in uns und daß wir sterben in Ihnen. Was diese Edlen errungen haben und erringen wollten, ist unsre Kraft und unser Wille! Ihre Gebeine sind die Opfer der Tyrannei, Ihr Odem in uns ist Freiheit! Sie sind selig in uns, denn wir sind selig in Dir!*

So reichen wir uns denn über diesen heiligen Gräbern der heiligen Brüder vom 18. und 19. März die Hände zum Bunde der Freiheit und Liebe. Aus dem jungen Grün dieses Haines flüstern die Geister der Gefallenen Versöhnung. Wir haben den Zorn unsres Herzens ausgeschüttet und das Andenken an diese ruhenden Helden kann nur noch entweiht werden, wenn wir die Freiheit unseres deutschen Vaterlandes antasten lassen, wenn wir uns entweihen in Dem, woran unsre Brüder gestorben sind.

Der neue deutsche Philister

Diese Species der großen Menschen-Menagerie des Vaterlandes ist ungemein verbreitet. Man findet sie in allen Städten zu Hunderten, oft zu Tausenden. *Der eine Philister ist immer dümmer als der andere:* dies ist ihr merkwürdiges Hauptkennzeichen. Außer diesem sind aber noch folgende:

a) Der Philister ist entweder von Adel und thut sich auf diese Alfanzerei noch etwas zu Gute, oder Beamter, oder er hat ein Geschäft, welches ihn *anständig* ernährt.

aa. Auch hat er mehrere Jungen, von deren Klugheit er gern und oft erzählt.

b) Der Philister ist zufrieden und sieht deshalb nicht ein, wozu Neuerungen sind.

bb. Der Philister sagt sehr deutlich »Gesegnete Mahlzeit!«

c) Der Philister hat früher bei dem Worte Freiheit etwas Angenehmes empfunden; er hat sogar verbotene Bücher gelesen und sich heimlich gefreut, wenn die Despotie verdammt und verhöhnt wurde. Nachdem die Freiheit aber angebrochen, ist sie ihm *viel zu unruhig.*

d) Im innersten Herzen wünscht sich der neue deutsche Philister wieder unter den Soldaten-, Beamten- und Polizei-Schutz der absoluten Monarchie zurück. Er spricht dies aber, wie ein Ehrenmann, nicht offen aus, sondern fürchtet sich, daß man ihm in's Gesicht lache.

e) Der Philister lebt bereits in einem freien Staate, sieht sich aber bei dem Worte Freiheit noch immer um, ob es Niemand gehört hat.

ee. Unter *Jemand* versteht der Philister Polizei, weshalb er sich immer umsieht, ob es *Niemand* gehört hat.

f) Da der neue deutsche Philister zu leben hat, so hat er kein
Herz für das Elend der Arbeiter, Landleute und kleinen Bürger.

ff. Trotzdem giebt er alle Monat zwei Groschen an die Armen.

g) Der Philister hält dieselbe Zeitung, welche sein Vater gehalten
hat.

h) Unter Republik versteht der Philister Mord und Todtschlag.

i) Wenn der Philister von einer Volksversammlung hört, so ver-
gräbt er sein Geld.

ii. Er hätte übrigens, wie er zu seiner Frau äußert, Nichts dagegen, wenn seinem reichen Concurrenten einmal die Fenster eingeworfen würden.

k) Er nennt Jeden Ausländer, der nicht »im Orte« geboren ist.

l) Falls der neue deutsche Philister gegen seinen Willen in ein politisches Gespräch geräth, so entscheidet er sich bei allen höheren Staatsfragen durch die einfachen Worte: »Nur keine Aufregung!«

m) Der Philister ist immer sicher. Sobald ihm Gegengründe fehlen, greift er zu seiner ausgebildeten Fähigkeit: grob und roh werden zu können.

n) Wenn der Philister irgend eine Satyre liest, so fühlt er immer *sich* getroffen.

nn. In Folge dieser Empfindung *schimpft* er.

o) Unter Freiheit der Presse versteht der Philister, daß Jeder so denken soll, wie Er.

oo. Daß er *gar* nicht denkt, daran denkt er nicht.

p) Er kann noch immer nicht die Juden für gleichberechtigt halten.

q) Unter *Ordnung* versteht der Philister die ganze volle Nichtswürdigkeit der alten Zustände.

qq. Seine Frau ist ganz derselben Meinung.

r) Wenn der Philister mit seinem Vetter allein ist, so leugnet er Diesem nicht, daß in der Regierung und in der Kommune noch viele Uebelstände sind.

s) In der Haushaltung des Philisters hat es der Hund viel besser als die Dienstboten.

t) Er ist immer *sehr* glücklich, wenn er vom »Pöbel« sprechen kann. Diesen sucht er *unter* sich.

u) Am widerwärtigsten ist dem Philister das Geniale, Poetische, dagegen ißt er Erbsen und Sauerkohl sehr gern.

v) Als Wähler ist er nur im Zweifel, *welchen* hochgestellten Beamten er wählen soll.

w) Der Staat ist dem Philister etwas Auswendiges. Er gilt ihm als Frack, den er nur bei feierlichen Gelegenheiten anzieht.

ww. Trotzdem fällt ihm nicht ein, daß ein alter Frack ausgeklopft und gebürstet werden und man zuletzt einen neuen haben muß.

x) Aus Besorgniß vor einer Unruhe macht der Philister Unruhen.

y) Der Philister ist gewöhnlich so trocken ernst, daß man in seiner Nähe nach Luft schnappt. Oder er lacht über Rohheiten.

yy. Thränen kennt er nicht.

z) Das Hauptkennzeichen bleibt aber: Ein Philister ist immer dummer als der andere.

zz. So ist es!

Allerhöchster Briefwechsel.

Deutschland, Mai, im Jahre des Heils 1848

a. Seine Bayerische Majestät Ludwig an Seine Königliche Hoheit den Kurfürst Friedrich Wilhelm von Hessen.

»Lieber Vetter!

Zu meinen Ohren gekommen: daß alles Teutschthums bare Hanauer, nachäffend schnöde französische Untreue, eine Volkskommission zu haben sich gebrüstet, bringt Gruß und Handschlag der Baier, teutscher Fürst teutschem Fürsten, rathend zu widerstehen, aufgeworfen das Visir, dem Pöbel, geblendeten und bald in sich rathlos, weil ohne Idee seiend, zerfallendem, denn die Erfahrung an mir Selbst gemachte, aller Nachgiebigkeit Abratherin ist. Gemeinem Andrang prosaischer Bürger die zärtliche, poesiebrennende Herzensflamme ausgelöscht habend, war nicht genug, nicht mehr glauben wollend teutschem Fürstenwort erklären sie, unanständigen Aufruhrs voll nach der Krone greifend. Da, trotz Trotzes nicht anders könnend, unterzeichnete Ich freiwillig, aber nunmehr meiner Abstammung als Wittelsbacher bewußt, haucht in Kassels Kurfürstem stählerne Brust, stählerne Festigkeit aufmunternd, sein begeistertes Teutschwort mit Handschlag besiegelnd

Ludwig.«

b. Seine Königliche Hoheit der Kurfürst von Hessen an Seine Bayerische Majestät Ludwig.

»Höchster Herr!

Die Kanaille allerdings ohne Idee sein – aber Prügel haben – gern ins Gefängniß werfen – Hochverrath nennen, bestrafen – aber geht nicht – Steine ins Schloß schmeißen – Dach abdecken – keinen andern Ausweg lassen als Entweder Oder und – Oder sehr unangenehm! Krone bleibt Krone! Jetzt keine Zeit für Poesie – Sich drein fügen – Bierbrauer regieren lassen bis die Zeiten ändern! Unserm Vetter in Sachsen wohl nicht besser ergehen mit seinem: Leben Sie wohl. Metternich noch lebt – Hoffnung!

Euer Majestät
Wilhelm.«

Sehnsucht nach Russland.

Kennst Du das Land, wo die Karbatschen blühn,
Wo dunklen Aug's die Caviarkörner glühn,
Ein feuchter Wind her von Sibirien weht,
Die Juchte still und hoch die Knute steht?
Kennst Du es wohl? Dahin, dahin
Möcht' ich mit Dir, mein Thadden-Trieglaff, ziehn!

Kennst Du das Haus: auf Schädeln ruht sein Dach,
Von Zähren glänzt des Czaaren Goldgemach;
Kosacken stehn und grinsen so mich an:
Was hat man Dir, Du preuß'sches Kind gethan?
Kennst Du es wohl? Dahin, dahin
Möcht' ich mit Dir, mein Thadden-Trieglaff, ziehn!

Kennst Du das Land, wo noch Constitution
Befleckt nicht hat den alten Kettenthron;
Wo Sklaven liegen und der Galgen winkt

Jeglichem Sünder, der nach Freiheit ringt?
Kennst Du es wohl? Dahin, dahin
Geht unser Weg! O, Thadden, laß' uns ziehn!

Schreck von Rothstift

Eine Volks-Kammer.

Personen: *Erdarbeiter.*

Scene: *Eine sandige Gegend bei Berlin.*

Allgemeiner Gesang:

Ick bin ein Deutscher, kennt ihr meine Farben?
Sie lachen schwarz-roth-jold uns an un aus!
Det vor die Freiheit meine Brüder starben,
Des is schon recht: allein es ward Nischt draus.

Drum müssen wir es wagen
Un Allens still ertragen!

Nur Muth, nur Muth! die Büchse aus der Hand!
Ein deutscher Mann übt passiv Widerstand!

Schlundowsky*(zu mehr als Hundert Erdarbeitern, welche sich zur Leistung des zweiten Frühstücks gelagert haben)*. Kollegen! Ick als Schlundowsky, vornehmer Italiener von Jeburt – denn mein Vater diente hinten, als Hofmann, in eine italjensche Waarenhandlung – Kollegen, ick eröffne Euch als Kammer. *(Unruhe)* Mithin *stille!*

Niese*(eine Flasche öffnend, zu Schlundowsky)*. Aeußre Dir!

Schlundowsky. Nation! Da Ihr Euch jrade mit innere Anjelejenheiten beschäftigt; da Ihr *frühstückt* – welches eine Thatsächlichkeit is – da Eure Karren un Schippen dastehen un sich wundern über Eure Anspruchslosigkeit in Betreff von Dienstleistungen; da Ihr jrade in den jroßen Frankfurter Moment seid, wo Ihr nischt *dhut,* und da solche Momente bei uns *ausdehnbar* sind; da wir beweisen, wat der dummste Jelehrte nich bestreiten kann, deß nämlich der janze Dag aus *Momenten* besteht, un da es jetzt, jejenwärtig, in dieser Zeit, in dieser jroßen Katzenstrophe: da es jetzt alleweile wenijer nothwendig is, deß Eine Jejend von Berlin, wo sich der Sand emporjeschwungen hat zu einer Höhe, welche Brandenburg alle Ehre macht: da es, sage ich...

Niese. Du, dauert die Rede noch lange?

Schlundowsky. Worum?

Niese. Ick meene man, sie könnte vielleicht länger als unsere Jeduld werden.

Schlundowsky. Meine Rede dauert so lange wie ein Belagerungszustand. Sie is nämlich *aus*, sobald sie *ufhört. (Fortfahrend)* Da es, sage ich, jetzt weniger nothwendig is, deß eine solche Jejend von Sand uf die anderen Jejenden von Sand gleichmäßig vertheilt un Brandenburg dadurch noch flacher jemacht wird, als deß *Wir*, die wir als Volk alleweile mitrejieren, uns politsch unterrichten, so... so... so...

Niese. Na uf den Schluß bin ick neugierig!

Schlundowsky. ... so wollen wir uns jetzt unterrichten!

Niese. Det war sehr jeistreich. Sehr jeistreich! Früher kränkelte Dein Verstand immer, aber jetzt scheinst Du Dir von den Doctor Andreas Sommer behandeln zu lassen.

Utehacker. Na ja! politsch unterrichten, aber: man keene Repoblik!

Aufseher Paatsch*(steht auf und spricht zur Versammlung).* Ick jloobe man nich, meine Herren, deß uns der Majestrat eigentlich zu *diese* Bestimmung hier anjestellt hat. Ick jloobe nich, deß er uns vor diese Ausbildung in de höhere Staatswissenschaften Zehn Silberjroschen Diäten bestimmt hat. Es is *möglich*, aber ick *jloobe* es nich. Ick jloobe, der Majestrat hatte mehr diejenige Ansicht, deß wir uns mit Schippen und Karren beschäftigen sollten. Bürjer! des is meine *Meinung!* Ick *bestehe* aber überjens nich druf, ick *füje* mir sehr jern, wenn die Majoreteet vor den Unterricht is. *(setzt sich).*

Schrippe*(steht auf).* Bürjer! Der ehrenwerthe Redner vor mir is'n Schaafskopp. Der Majeschtrat *kann* allerdings die Ansicht jehatt haben, deß wir uns mit Schippen un Karren beschäftigen sollen, des *kann* er! Aber jejenwärtig kommt et daruf an, deß man jejenseitig seine Ansichten austauscht, deß man sich *vereinbart!* Der Majeschtrat jing von die Idee aus, deß bei die neue Freiheit un Jleichheit erscht der *Boden* jleich jemacht werden müßte, denn *frei* is *dieser* Boden, er hat keene Lasten zu dragen, et inkommedirt ihm nich de jeringste *Flanze.* Wir aber sind der Meinung, deß erscht die *Menschen* jleich jemacht werden müssen, un da wir, wenn wir uns mit den Majeschtrat verständigen sollen un wollen, uns erscht ihm *jleich* machen müssen, so müssen wir ooch vorläufig *Nischt unternehmen,* sondern blos unsere Meinungen austauschen. *(Setzt sich unter allgemeinem Beifall.)*

Schlundowsky. Et kommt nu zuerst daruf an, deß wir uns eine Tribiene machen. Det jeht janz leichte: wir machen eine Erhöhung von Sand un legen oben zwee verkehrte Karren druf, da kann Jeder de schönsten Reden druf halten, un seine Karrjeere als Staatsmann machen. Also, wer'n juter Staatsbürger is, hilft mir! *(Nachdem die Tribüne vollendet)* So! *(Er steigt hinauf.)* Nanu is et nothwendig, deß wir uns einen Präsedenten wählen. Nation, wer soll Euer Präsedent sind?

Polker. Ick bin sehr für *Unruh'n.*

Utehacker. Ne, det führt zu de Repoblik, un ich bin vor Friedrich Wilhelmen Vierten, was janz jut is.

Boomkwark. Na ja, aber Friedrich Willem der Vierte kann doch hier nich Präsedent von uns Rehberjer sind! *(Er trinkt)* Der Eene *Des* un der Andre *Des!*

Viele Stimmen. Schlundowsky, Schlundowsky!

Schlundowsky. Nation, ick danke Euch vor Dein Vertrauen, wat ick so jut rechtfertijen werde zu bemühen, mir zu bemühen verdienen, ne! *mir zu bedienen vermühen* werde...

Niese. Du verhedderst Dir in Deine Verdienste un Bemühungen.

Schlundowsky. Nochmal! Nation, ick danke Dir vor Euer Vertrauen, *(sehr langsam)* wat ick mir – zu verdienen – bemühen werde wie der beste Fürscht.

Polker. Um Jottswillen nich!

Schlundowsky. Also ick nehme die Wahl an, unter die Bedingung, deß ich mir ablösen lassen kann. Denn im Fall mir mal so is, deß ich Euch nich präsidentiren kann, denn habt Ihr doch einen Vice. Un ein Vice dhut dieselben Dienste wie ein wirklicher.

Polker. Stille! *(steht auf)* Ick habe wat zu sagen. *(stopft seine Pfeife)* Ick stoße die Wahl um. Nachher! Später! Ick will mir man erst meine Feife anstechen. *(Er schlägt Feuer)* Ick stoße die Wahl um. *(Er geht zur Tribüne)* Freue Dir, Tribiene, et naht ein *Redneer!* Ick bedaure man blos die Menschheit, deß hier in'n Sand keene Steenejrafen sind, die mir nachschreiben. Wat würde Frankreich dazu sagen! Uf diese Weise aber, wie anjetzt, fallen meine Reden in den Sand.

Mehrere Stimmen. Zur Sache! Zur Sache!

Polker. Sachte, sachte. Det is hier unsere erste Kammer un da heeßt et vor allen Dingen: Jeduld. *(auf der Tribüne)* So! Mach' mir mal Platz, Schlundowsky. Du kannst nich neben mir stehn bleiben, wenn ick rede, weil ick bei meine Reden mit de Hände wirthschafte, wat man in der höhern Polletiek deklamiren nennt. Nanu *Rede!* Männer und Staatsborger! Ick, Aujust, Joseph, Maxemilian Polker, stoße die Wahl um! Worum? Weil sie *direkt* is. Hör' es, Europa: weil sie direkt is! Dieses in seine Konserkwenzen führt, wie de Voß'sche un de neue Preuß'sche sagt, zu de rothe Republik, wo der Diebstahl ein Eijenthum is. Hör' es, Europa! *(zu Schlundowsky)* Vor Steenejrafen hättste wirklich sorjen müssen! *(zur Versammlung)* Der Mensch is *kein direktes Jeschöpf!* Der Mensch wird immer erst durch Vatern un Muttern, un darumwejen kann er auch nich direkt wählen. Auch is er kein dummes, wildes Vieh wie die neue Preuß'sche *(er pafft, damit seine Pfeife nicht ausgehe)* sagt, sondern ein jesittertes Wesen mit andre jesitterte Wesen zusammen, un also folglich muß seine Freiheit en Bisken beschränkt werden, un wenn man Allens jenau bedenkt un sich an das erhabene Beispiel der weisen Natur hält, so muß... erschtens der Mensch 30 Jahr alt sind, weil er, natürlicherweise, mit 30 Jahr mehr Verstand hat als mit 29, indem er ein Jahr älter jeworden is. Zweetens muß der Mensch männliche Jattung sind, denn ein Mensch weibliche Jattung wird niemals ordentlich wählen, weil derselbe theils durch Küche, Stuben-, Näh'-, Strick- und Mutterpflichten vom Staat zurückjehalten wird. Drittens muß der 30jährige Mensch männliche Jattung 500 Dhaler jährliches Einkommen haben, weil dies in der Natur bejründet is. Viertens muß der 30jährige Mensch männliche Jattung mit 500 Dhaler jährliches Einkommen eine Zeit lang an einen Ort jelebt haben, weil er ja sonst nich wissen kann, wie die Int'ressen stehen. So wie kein Boom Früchte dragen wird, wenn er nich eine Zeit lang an einen Ort jestanden hat. Fünftens muß der 30jährige Mensch männliches Einkommen mit 500 Dhaler jährliche Jattung, der eine Zeit lang an einen Ort jelebt hat, seinen Keenig lieben, weil sonst die Staatsform nich gesichert is. Sechstens endlich muß derjenige Urwähler, nachdem er noch zuvor nachgewiesen hat, deß er keen Almosen empfängt un niemals was verbrochen hat un bei Verstand is, bevor er einen Wahlmann wählen darf, der des Recht hat, mit de andern Wahlmänner zusammen einen Deportirten zu wählen, sechstens endlich muß dieser 30jährige Urwähler, männliche Jattung, der 500 Dhaler Jehalt, der eine Zeit lang seinen Keenig jeliebt un an einen Ort jelebt hat, sein Wort an Eidesstatt jeben, deß er Allens Recht findt, wat Brandenburg-Manndeibel jedhan hat un noch ferner dhun wird, damit nich wieder durch Proteste des Land in eine handelunjewerbeniederdrückende Aufrejung un Züjellosigkeit versetzt wird. Darum stoße ich die direkte Wahl von Schlundowsky ohne Sensus um. *Hör' es, Europa! (Er verläßt die Tribüne unter lautem, langanhaltendem Beifall.)*

Viele Stimmen. Schlundowsky bleibt!

Niese. *Sehr* bleibt er!

Polker. Kinder, nehmt Verstand an, wählt indirekt mit einen Sensus!

Alle. Ne! Ne!

Polker. Ick jehe nich von mein Princip ab. *Ick stehe un falle mit de indirekte Wahl mit die genannten Sensüsse!*

Niese *(wirft ihn in den Sand).* Denn *fällste*, denn is't *noch* so!

Polker *(langsam aufstehend).* Des is was anders; wenn es der alljemeine Volkswille will, will ich ooch, denn is es in de *Ordnung.* Schlundowsky is Präsedent. Aberscht nu komm' ick uf de Hauptsache. *(Er steigt auf die Tribüne.)* Aber erscht will ick mir mal meine Feife wieder anbrennen; die is mir, als ick vorher jejen de Majoreteet unterlag, ausjejangen. *(Er schlägt Feuer.)* Det *eilt* ja Alles nich; wir haben ja *Zeit*; wir con– *(er pafft)* con–schti– *tuieren* uns ja erscht. So! Nanu, wat ick sagen wollte: nanu frägt et sich zuerscht, ob Schlundowsky *erblich* sinn soll? Nämlich ob wir ihm hier oben *lebenslänglich* anjestellt haben, un ob seine Kinder *ooch* Präsedent sind, det heeßt blos de männliche Folje? In diesen Falle würde ick daruf antragen, deß Jungens unter zehn Jahren nich Präsedent sein derfen.

Mehrere Stimmen. Dummes Zeug! Runter! Wenn uns Schlundowsky nich mehr jefällt, nehmen wir'n Andern!

Polker. Jut, ick ehre de Majoreteet. *(Er steigt hinunter.)*

Grieneberg. Ick war nich unter de Majore; ick war minorenn, ick will einen erblichen Präsedenten mit männliche Nachfolje.

Niese. Uebergens *weibliche* Folje wäre ooch nich janz übel. Wenn hier so'n hübschet Mamsellken Präsedent wäre, denn würd' ick sehr oft einen Antrag stellen.

Polker*(steigt wieder auf die Tribüne).* Meine Herren, Ihr habt det mit de indirekte Wahlen übereilt; Ihr habt mir meine Wahlmänner zu sehr über't Knie jebrochen. Ihr seid nich alle so politsch jebild't wie ick, denn ick war verjangent Monat noch Stiebelputzer un habe Harkorten un Meisebachen jewichst un ausjekloppt.

Grieneberg. Det is wat anders; denn hab' ick alle Achtung vor Dir.

Polker. Et war jrade wie die Wahlen waren, un da is mir von Harkorten un Meisebachen öfters en Portovöllje überjeben worden. Ick bitte mir deshalb als Exelendz zu betrachten. Ick habe ooch jetzt wieder viele Aussicht, Minister zu werden.

Niese. Wo so?

Polker. Weil det Untersuchen jejen de Demokraten in de einzelnen Mysterien so viel Zeit wegnimmt, so soll en apartet *Verfolgungs-Mysterium* injerich't werden, un wahrscheinlich werde ick des kriegen un Meisebach mein Unterstaatssekertair werden.

Grieneberg. Du Minister! Ne, juter Junge, als Minister jiebt et doch manche eekliche Nuß zu knacken – weshalb man ooch jerne wieder en Eichhörneken hätte – wozu jute *Weisheits*zähne jehören, un Du sollst jrade unter *die Sorte* mehrere *sehr hohle* besitzen.

Schlundowsky(*ärgerlich*). Det is keen Parlement, det is Unterhaltung.

Grieneberg. Na, na, Fritze, man nich eeklich werden! Willste uns etwa vertagen oder verlejen? Worum soll'n en Parlement nich ooch unterhaltend sind? Det wird alleweile unter die kleenen Würmer Menschen so ernst in Europa, als ob se Sonne, Mond un Sterne rejieren könnten. Immer rejieren, immer rejieren, lauter Sorje un Krieg un Dodtschlag um't Rejieren, *un eegentlich regiert sich Allens alleene*. Det verdammte Wichtigdhun! Heute is Eener noch so ernst, un schneit *noch* sonne erhabene Miene: morjen is er dodt, er weeß nich wie. Man hat sojar Beispiele, det en Professer jestorben is.

Polker. Oh, det is noch jar nischt: ick habe sojar mal einen dodten Jeheimerath jesehen.

Niese. Wie sah'n der aus?

Polker. Dodt.

Grieneberg. Een Jeheimerath dodt? Ach, det is noch *jar nischt!* Ick will Dir ne janze Masse dodte Jeheimeräthe zeigen, die noch lebendig sind, die noch uf de Straße umherjehen un mit'n Kopp schüddeln.

Niese. Wie so mit'n Kopp schüddeln?

Grieneberg. Weil se jar nich bejreifen können, wie sich Jottes scheene Jeheimerathswelt mit een Mal so verändern konnte.

Schlundowsky(*sehr ärgerlich*). Ick habe schon *mal* jesagt, det det keen Parlement is.

Schrippe(*schreiend*). Wenn nu nich endlich en Parlement zu Stande kommt, denn werde ick den juten Vater Wrangel um 20,000 Mann Infanterie bitten!

Aufseher Paatsch. Wollen wir vielleicht lieber *arbeiten?*

Schlundowsky(*höchst zornig*). Stille!!! Du hast nich um't Wort jebeten, un zu sonne dumme Bemerkung hätt' ick Dir't ooch nie ertheilt.

Polker. Ick unterstütze den Präsedenten. Wir sind Erdarbeeter, wir dürftn jejenwärtig nich arbeeten. Alle *Wühlereien* sind verboten.

Niese. Um so mehr, als wenn wir lange wühlten, wir vielleicht uf de *Jrundrechte* stoßen könnten, un det *soll* keen Preuße, weil *Preußen jesetzlich nich mehr existirt*; weil der Keenig im März selbst jesagt hat, det Preußen in Deutschland ufjejangen is. Un wenn nu Preußen in Deutschland ufjejangen is, denn kann et ooch nich noch aparte die deutschen Jrundrechte anerkennen, denn sind se schon seine, ohne det irjend eine Rejierung darum zu fragen is.

Schlundowsky. *Stille!!!*

Utehacker. Man keene Repoblik!

Schlundowsky. Et kommt jetzt blos daruf an, *worüber* wir verhandeln. Hat Keener keenen *Stoff* nich?

Löhmann *(hält eine Flasche hoch).* Hier!! Bei mir is immer Stoff vorhanden.

Schrippe. Dieser Stoff jehört nich in des allerhöchste Staatsleben, in die Alljemeinheit. Des sind *Persönlichkeiten. (zu Schlundowsky, indem er langsam aufsteht)* Ick wünschte Tribiene.

Schlundowsky. Der jeehrte Abjeordente von de *Neue Friedrich*-Straße hat des Wort.

Schrippe *(auf der Tribüne).* Meine Herren! *Mit Jott, für König un Vaterland!(Er steigt unter dem Beifall der Versammlung langsam hinunter.)*

Schlundowsky. Hat der jeehrte Redner weiter Nischt zu sagen?

Schrippe. Ne! *(Er legt sich wieder zu seinen Collegen.)*

Schlundowsky. Et is *wenig,* aber es muß Jeder seinen *Willen* haben.

Löhmann *(besteigt die Tribüne).* Ju'n Moorjen! Ick stelle den Antrag, det wir über diese Anjelejenheit zur *Tagesordnung* überjehen.

Niese *(vom Platz aus).* Det is en Unsinn! Wir liejen hier ruhig in'n Sand, also bejreif ich nich, wozu wir noch extra zur Tagesordnung überzujehen brauchten! Der jeehrte Redner scheint jar nischt von Conschtetution zu verstehen, denn sonst würde er nich sonne dämliche Bemerkung machen.

Löhmann(*heftig*). Ick *brauche* nischt zu verstehen! Ick bin von den Preußenverein als Deeptirter ufjestellt un jewählt, mithin hatt' ick det Recht, einen Antrag uf Tagesordnung zu stellen.

Jeetheken. Det wird aber *ufhalten,* wenn hier Viele sind, die nischt verstehen.

Polker. Des schad nischt, des is *jerecht.* Es *müssen* hier Viele sind, die nischt verstehen. Die Abjeordenten sind dazu da, deß *alle* Klassen von't Volk vertreten sind. Un da nu sehr viele sonst jutjesinnte un patreotische Bürjer existiren, die jar nischt von Polletiek verstehen, so wären diese Menschen alle nich *vertreten,* wenn alle Abjeordenten wat von Polletiek verständen.

Löhmann. So is es! Ueberjens bin ick müde von det Jesetzjeben. Ick leje mir jetzt uf de rechte Seite un schlafe.

Polker. Jut, det dhu' Du. Wenn't Zeit zum Trampeln mit de Füße un zum Jrunzen is, denn wer ick Dir wecken. Ueberjens – *(zu Schlundowsky)* Präsedente, schwinge mal de schwarzrothjoldne Fahne: ick komme!*(Er steigt auf die Tribüne und sieht sich, während er gemüthlich seine Pfeife raucht, die Versammlung an.)*

Grieneberg.*Nanu??*

Polker. Stille! *(zum Präsidenten)* Fahne schwingen! *(raucht)* Damit mir Keener nich stört. Es kommt eine längliche *Rede,* denn wir müssen ooch *Reden* haben; des bloße Sprechen un Schwaddroniren, des is keene Conschtition. *(Nach mehreren Zügen aus der Pfeife.)* Ick habe mir *vorbereit't;* Ihr könnt Euch uf was jefaßt machen. *(zum Präsidenten)* Wie jesagt, et is ewig schade, det wir keene Steenejrafen hier haben, denn nanu wird det, wat ich anjetzt reden werde, vor de Weltjeschichte verloren jehen, während det, wat in de vorje Nationalversammlung der Schlächter Pieper und andere noch schlechtere minnesterielle Abjeordente jesagt haben, vor de Ewigkeit ufbewahrt is un zwar so, deß der *Knochenhauer* Pieper, als er sich vor *Collejen* aus dem Volk rettete, un seinen Abtritt aus de rechte Seite nahm, bei seine Rettung seine sämmtlichen Reden vorfand. *(Bravo!)* Nanu kommt et. *(Lebhaft gestikulirend)* Meine Herren! *(Pause)* Ueber diese Staatsidee »meine Herren!« sind *alle* Depetirten von alle Seiten einig. Meine Herren! Die Jeschichte der Menschheit bejinnt nach Mosessen un mehreren andern Sachverständigen mit der Erschaffung der Welt von Seiten Jottes. Meine Herren! Als Allens da war bis uf Holz un Miethe, nämlich als aus den Chaochs sich die Welt gestaltete und Sonne, Mond un Sterne, Wasser un Likör, Erde, Jemüse, jrüne Beeme, Jardeleutnants, saure Jurken un Vögel un Thiere geschaffen waren: siehe, da fehlte der *Mensch*! Da kam Jott!...

Stieber. Zur Sache!

Polker. Richtig! Da kam Jott und machte sich Klöße, nämlich aus Erde, einen Kloß vor Adammen und einen vor seine Frau, die Eva'n. *(mit Feuer)* Meine Herren! Der Mensch war da, damit die Welt einen Zweck hatte un die Welt war da, damit der Mensch einen Zweck hatte! So standen die Sachen!

Löhmann. Na, hat denn *Jott* jar keenen Zweck jehabt?

Polker. Stille! Davon is nich die Rede! *(fortfahrend)* Als nu Adam seinen Zweck hatte, so vereinbarte er sich eines Vormittags mit Eva, in Jemeinschaft die Freuden eines Paradieses zu genießen. Hieraus entsprang der erste Staat. Es war die Republik, denn alle Menschen konnten dhun was sie wollten, weil Jott die Pollezei nich *erschaffen* hatte, sondern diese erst später erfunden wurde. Außerdem fehlte es auch an einen *König*, dessen Erschaffung ebenfalls von Jott aus Zerstreuung übersehen war. Sämmtliche Staatsjeschäfte des Paradieses wurden in *Einer* Kammer abjemacht, bis endlich der Sündenfall eintrat und sämmtliche Anwesende nach und nach zur Monarchie überjingen. Die zur Monarchie nothwendige Herrschaft kam so, deß Madam Adam zuerst von einen hoffnungsvollen Knaben entbunden wurde und nun Eva ebenfalls ihren Zweck erkannt hatte, so deß es bald ringsumher von Menschen wibbelte un krabbelte, und da ooch diese bald ihren Zweck erkannten, so kam es zur *Bevölkerung*. Meine Herren! Man schaarte sich nu, damit nich Alles wie Kraut un Rüben durcheinander wirthschaftete, um den Klügsten un Aeltesten un Reichsten, un ließ *den befehlen*, un uf diese Weise haben sich des nu die Menschen anjewöhnt, deß sie sich nich selbst beherrschen können.

Niese. Des is ne sehr scheene Rede! En Bisken confuse scheint se mir zu sind, aber sonst *nett*. Manches hört sich wirklich wie'n Jedanken an.

Polker. Stille! – Meine Herren! Sie lernen aus dieser Jeschichte der ersten Bejebenheiten Des, was Sie brauchen, um meinen Antrag *auf zwei Kammern un auf eine erste Kammer mit Adel* zu verstehen. Nämlich Sie haben jesehen, deß so wie des Paradies verloren war durch Bevölkerung, deß sich da die Menschen aus die eene Kammer in zwee theilten un sich selbst in Kluge, Alte un Reiche un in Dumme, Junge un Arme. Aber ooch in Adliche un Bürjerliche. Denn Adam war *Erb- un Jerichtsherr vom Paarradies*, es gehörte ihm und seine Jemahlin janz alleene, un des Bürjerthum is natürlich erst durch den Sündenfall entstanden. Wollen wir nu also unter uns hier monarchisch sind, un davor hat sich die Majoorete ausgesprochen, so müssen wir ooch zwee Kammern aus uns machen, un zwar eene, die erste aus lauter Alte, Reiche un Kluge un Adliche, damit wir die Welt so halten, wie se Jott gewollt hat, un damit wir nach un nach wieder en Paradies herstellen können, denn das Paradies ist die historische *Jrundlage* aller Menschen un Staaten. Meine Herren: *des* is mein Antrag! *(Er verläßt die Tribüne unter donnerndem Beifall, seine Freunde umringen ihn mit Glückwünschen.)*

Löhmann. Sehr *breit* war Deine Jrundlage. Ick wär' bei eenzjer Haar bei injeschlafen!

Polker. Andre Jründe weeß ich nich für zwee Kammern.

Schlundowsky*(schwingt die Fahne).* Stille! Der Antrag zerfällt in zwee Theile. Ick frage also erst: *will die Versammlung zwei Kammern?*

Niese. Ick schlage vor: *drei!* Wir werden sonst *nich Platz haben.* Wenigstens muß noch en Alkofen bei des Loois sind.

Schlundowsky. Dämelsack! – Ick frage also: *will die Versammlung zwei Kammern?* Wer davor is, nicke mit'n Kopp. *(Fast Alle nicken.)* Die Majoretät is davor. Ich stelle nu die zweete Frage, ob wir nämlich in die erste Kammer blos Reichthum un Adel nehmen wollen?

Löffel. Det jeht nich! Darüber können wir noch nich abnicken! Erscht müssen wir wissen, ob sich welche von uns dazu herjeben *(sich verbessernd)* – ob welche von uns die nothwendjen Eijenschaften haben. Wer det jloobt, der muß vortreten un sich über seine Verhältnisse und seine Prinzipen äußern. Der Präsedent hat denn darüber zu entscheiden, ob er fähig is oder nich. *(Allgemeine Beistimmung.)*

Schlundowsky. Jut! Denn bitt' ick die Herren, die in de Erste Kammer rin wollen, vorzutreten und sich zu *äußern*.

Kloppe.*(steht auf, nimmt seinen Federhut unter den Arm, brüstet sich, zieht eine sehr verachtende Miene und tritt langsam und gravitätisch vor die Tribüne)* Ick bin der Baron Edler von Kloppe, früher bei de Jarde uf Ehre, Vollblut, mir nich mit jemeine Wissenschaften abjejeben, jejenwärtig 8000 Thlr. Einkommen, zwei Dutzend Ahnen, Jesinnung äußerste Rechte. *(viel Gelächter)*

Schlundowsky.*(schwingt die Fahne)* Ruhig! *(zu Kloppe)* Der Baron Edler von Kloppe kommt in de Erste Kammer. Weiter!

Löhmann*(in derselben Weise wie Kloppe vortretend)*. Ick bin der Jraf von der Löhmann auf Löhmannsburg, Ritterjutsbesitzer in den Jefilden Hinterpommerns. Ick besitze Jeld wie Heu un Verstand wie Stroh, 17 bis 19 Ahnen, Besitzer des rothen Piepvogels vierter Klasse, Jesinnung: reene Monarchie mit einer starken Knute, wollt' ick sagen: Krone. Tendenz: Mit Jott für König und Vaterland. Der 18. und 19. März ist ein Schandfleck in der Jeschichte Preußens. *(Helles Gelächter, jubelndes Bravo)*

Schlundowsky. Herr Jraf von der Löhmann auf Löhmannsburg aus den Jefilden Hinterpommerns: Sie können sogleich in de Erste Kammer treten.

Löhmann*(erhebt seine Faust gegen die Versammlung)*. Euch bürjerliche Kanaillen un demokratische Wühler wollen wir Revolution machen lernen, wart't man! Euch woll'n wir schon wieder runter kriejen, man Jeduld!

Alle*(lachend)*. Bravo, bravo!

Utehacker. Man keene Repoblik!

Meier*(in derselben Weise wie Kloppe und Löhmann vortretend)*. Ich bin der Jeheimerat von Meier-Meierowitsch, Jeldsack, in der Jejend des Herzens zugebunden. Jesinnung: jemäßigter Rückschritt, wiewohl ich mir jejen alle Reaction verwahre. Meine politische Idee is die wrangelsch-brandenburgsch-manteuflische Monarchie auf christlich-hengstenbergscher Jrundlage. Wejen de Octrojierte bin ick vor Revision. Prinzip: Jewalt jeht vor Recht.

Niese. Ick *interpellire* den Candidendaten! Wie denken Sie über die *Arbeet*, sociale Frage, Hunger?

Meier. Je mehr die Noth steigt, je mehr Soldaten müssen herbeijezogen werden, weil sonst Ruhe un Ordnung nich möglich sind. Ueberjens is des durch die Soldaten ihre blauen Bohnen noch die beste Art, den Hunger zu stillen, weil in diesem einzijen Falle der Hunger nich *wieder* kommt.

Schlundowsky. Herr Jeldsack, Jeheimerath von Meier-Meierowitsch, Sie können sogleich in de Erste Kammer treten. Weiter hat sich Keener jemeldt; et sind man drei Mitjlieder.

Polker. Det sind ooch jenug, schon mehr als zu ville.

Grieneberg. Det heeßt: det wir keenen Pfaffen drinn haben, det is doch schade. Der jehört unbedingt dazu, um *den* Kohl fett zu machen. *(auf der Tribüne)* Nanu möcht' ick die Versammlung blos fragen, ob sie will, det die Mitjlieder unsrer ersten Kammer *Tagejelder* kriejen sollen?

Niese. I Jott bewahre, ooch noch Dagejelder! *Die* arbeeten vor de *Nacht*, die kriejen keene Dagejelder!

Alle. Ne, ne!

Schlundowsky. Na aber Kinder, mit blos drei lumpje Mitjlieder können wir doch keene erste Kammer machen? – Der Abjeordente Krosenberg von't Voigtland hat det Wort.

Krosenberg*(besteigt die Tribüne)*. Meine Herren! *(Er schnaubt sich die Nase)* Meine Herren! Ich bin janz derselben Meinung, wie der jeehrte Präsedent! *(Er verläßt die Tribüne unter lautem Bravoruf; seine Freunde umringen ihn glückwünschend. Lange Aufregung. Der Präsident bemüht sich vergebens, die Ruhe herzustellen.)*

Schlundowsky*(die Fahne schwingend)*. Stille!! Stillee!!! Ruheee!!!! *(schreiend)* Meine Herren, verjessen Sie nich Ihre *Würde*! Janz Deutschland, janz Europa sieht uf uns! *(Tiefe Stille)*

Niese. Ick will blos noch mal *interpelliren!* Mir interpellirt so: ick kann't mir nich mehr länger ufhalten!

Schrippe. Wat is det: interpelliren?

Niese. Det weeßt De nich mal un bist Deportirter? *Interpellirt, det is, wenn een Deportirter jrade weiter nischt weeß, un ein Minister ihm aus Rücksichten nich daruf antworten kann.*

Schlundowsky. Na nu interpellire mir mal!

Niese. Die Kammer hat lange jenug jedauert, et is Zeit, deß wir Mittagbrod essen. Ick interpellire also, worum der Präsedent nich die Versammlung schließt?

Schlundowsky. Daruf kann ick Dir aus Rücksichten nich antworten.

Polker. Et is noch 'ne Viertelstunde Zeit un ick weeß, deß sich unser Präsedent 'ne Kammer-Eröffnungsrede ufjeschrieben hat. Ick schlage vor, deß er uns Die noch hält, un uns denn sojleich vertagt.

Alle. Ja, ja!

Schlundowsky. Schön! Da es der allgemeine Volkswille is, so werde ick meine Rede lesen.

Meine Herren Donquixote der Jeheimeraths-Kammer!
Oedle Abjewrangelte der Volkskammer!

Da ich, Schlundowsky, sehr verlejen bin, was ich Ihnen von diesen Thron herab sagen soll, so werden Sie jefälligst bemerken, deß ich Nischt sage. Et sind Ereijnisse vorjekommen, welche passirt sind. In Folje dössen is Manches vorjefallen. Die Hauptsache war, deß aus Eene Kammer zwee jeworden sind, un dieses is mich jejlückt. *Ohne Ordnung un Jesetz is keene Freiheit möglich.*

Ich werde Ihnen eine Verfassung vorlejen, die sich gewaschen hat. Nämlich mit schwarze un weiße Seefe. Der Adel is noch nich rausjejangen. Außerdem is noch mancher andre Jucks drinn jeblieben, weshalb Sie mit *meine* Rejierung, die an alten Waschweibern keunen Mangel leidet, weitere Reibereien veranlassen können. Jucks, der mir jefällt, bleibt drinn. *Ohne Ordnung un Jesetz is keene Freiheit möglich.*

(Die rechte Hand über die Augen haltend) Mit die *Lage der Arbeiter* bin ick zufrieden, weshalb ick sie jar nich erwähne. Meine Rejierung hat dafor zu sorjen jewußt, det et *ruhig* jeworden is un die Klagen schweujen. Die hohen Ohren meiner Umje-

bung konnten den ewijen Spektakel nich länger aushalten. Die Knüppel, welche rund um Ihnen 'rum ufjestellt sind, müssen noch bleiben, weil noch keene Ruhe herrscht, obschon ick so eben jesagt habe, et herrschte Ruhe. Sollte die Ruhe jestört werden, so wird die Knüppel-Weisheit meiner Rejierung zu octrojieren einnehmen, worauf sich des Uebrije finden wird. *Ohne Ordnung un Jesetz is keene Freiheit möglich.*

Die Pollezei des Landes beginnt sich wieder zu befestigen; der beste Schutzmann eines Staates bleibt indessen sein Keenig. Sollte die Pollezei behufs ihrer weiteren Befestijung noch mehr Stricke jebrauchen, so wird sich meine Rejierung verdoppeln. Der beschränkte Unterthanenverstand, welcher sich zu meinem tiefen Schmerze durch Untreue verloren hatte, wird sich mit Hülfe meiner braven Knüppler wieder einfinden, und *mit* ihm mehrere mir erjebene Personen, welche die allgemeine Unjesetzlichkeit des verflossenen Jahres nich verdragen konnten. Trotzdem, meine Herren, werde ich niemals was dajejen haben, deß Sie die Vossische Zeitung lesen. *Ohne Ordnung un Jesetz is keene Freiheit möglich.*

Die Wiederhörstellung des deutschen Bundesdages liegt mich, Schlundowsky'n, sehr am Herzen. Die Reichsjewalt hat mit röthlichem Eifer dahin jewirkt, un ich selbst werde keine röthliche Opfer scheuen, dieses jroße Ziel zu erringen. Sollten dabei einige Dausend jlückliche Deutsche niederjemetzelt werden, so hat dieses nischt zu sagen, indem Vorrath is. Es hat sich nämlich durch die Erfahrungen der letzten Zeit herausgestellt, deß Andersdenkende, nachdem sie dodtjeschossen waren, sich den Maßnahmen der erleuchteten Fürsten nich mehr obponirend jejenüberstellten, und diese daher *Recht* behielten. *Ohne Ordnung un Jesetz is keene Freiheit möglich.*

Mit *Rußland* stehe ich in den allerfreundschaftlichsten Beziehungen. Die vielen Fäden der Liebe und der Jesinnungsjleichheit haben unsere Kabernette zu einen starken Bund vereinbart. Mit *Oestreich* verstehe ich mir sehr jut, ohne deß es zu merken is. Wat *Dänemark* betrifft, so wird meiner Rejierung Allens dhun, deß Ruhestörer Jelejenheit finden, zur Ruhe zu kommen. Durch meine anjenehmen Verhältnisse mit die Republiken *Nordamerika, Schweiz* un *Frankreich* is die starke Monarchie nirjend erschüttert worden. *Ohne Keenig is keene Freiheit möglich.*

Meine Herren Donquixote, Jeheimeräthe un Abjewrangelten! Et hat Manches for sich, deß Sie hier zusammengekommen sind; die Hauptsache bleiben aber immer meine erhabenen Knüppel, womit ich mir schon nach un nach meinen Staat un mein jeliebtes Volk erobern werde. Da Dieses aber sehr viel Jeld kostet, so bitte ich, mir solches in Masse zu bewillijen, wojejen ick mit Ordens ebenfalls nich knausern werde. Jott un sein Sohn Jesus Christus mögen Ihre Berathungen leiten, gleichermaßen ooch die heilige Jungfrau Maria. Im Uebrijen wird sich Allens finden. Schlundowsky der Jroße entläßt Sie.

> Mein Land heeßt Octrojierien,
> Un liegt dicht bei Sibirien!

(Tobender Beifall. Ruf: »Hoch, hoch, Schlundowsky!« Derselbe kehrt noch einmal um und spricht von der Tribüne herab:) Ick habe noch wat verjessen, wat ick Ihnen sagen wollte. *Ohne Ordnung un Jesetz is keene Freiheit möglich!*

Sarastro aus der neuen Zauberflöte.

—

Sarastro zum Volke.

Zur Liebe will ich Dich nicht zwingen,
Doch schenk' ich Dir die Freiheit nicht!

Vom kleinen Michel,
wie er 'mal regieren wollte.

Unser kleine Michel
Wollte 'mal regieren:
Hatte er kein Land nicht,
Konnt er nicht regieren!
Nahm seine Mutter ein Faß voll Sand,
Setzt' ihn drauf: hier hast Du Land!
Faß voll Sand!
Hast Du Land!
Allerunterthänigst!

Unser kleine Michel
Wollte 'mal regieren:
Hatt' er kein Scepter nicht,
Konnt' er nicht regieren!
Nahm seine Mutter 'n Knotenstock:
Hau' nur immer um dich grob!

Knotenstock!
Nur recht grob!
Allerunterthänigst!

Unser kleine Michel
Wollte 'mal regieren:
Hatt' er keinen Unterthan,
Konnt' er nicht regieren!
Trieb seine Mutter herbei die Schaaf:
Hier ist Volk, getreu und brav!
Jedes Schaaf
Treu und brav!
Allerunterthänigst!

Unser kleine Michel
Wollte 'mal regieren:
Hatt' er kein'n Minister nicht,
Konnt' er nicht regieren:
Rief seine Mutter den Philax her,
Schnuppert der am Sande sehr;
Philax her,
Schnuppert sehr!
Allerunterthänigst!

Unser kleine Michel
Wollte 'mal regieren:
Hatt' er keine Pfaffen nicht,
Konnt' er nicht regieren!
Rief seine Mutter den Kater Schwarz:
Hier hast du was ganz Apart's!
Kater Schwarz,
Was Apart's
Allerunterthänigst!

Unser kleine Michel
Wollte 'mal regieren:
Hatte er kein Geld nicht,
Konnt er nicht regieren!
Nahm seine Mutter 'n Stempelbogen,
Hat er gleich die Schaaf' betrogen:
Stempelbogen,

Schaaf betrogen!
Allerunterthänigst!

Unser kleine Michel
Wollte 'mal regieren:
Hatt' er keine Weisheit nicht,
Konnt' er nicht regieren!
Sagt sein' Mutter: Allerhöchst!
War er gleich an Gott zunächst!
Allerhöchst,
Gott zunächst!
Allerunterthänigst!

Unser kleine Michel
Wollte 'mal regieren:
Macht seine Mutter ihm den Spaß,
Daß er konnt' regieren;
Kam sein Vater mit der Knut':
Spielst zu frech, das thut nicht gut!
Nie regieren,
Nur pariren
Allerunterthänigst!

Aus dem Jahre 1949.

Der berühmte Naturforscher Graf von Woldenowitz zeigt dem erstaunten Publikum das von ihm in der pommerschen Gebirgskette Wusterbarth aufgefundene Skelett des furchtbarsten und größten Urthieres, genannt *Mychelarchos*.

Scene aus den letzten Tagen.

Die Scene spielt in einer größeren Provinzialstadt. Madam hat so eben den beiden jüngsten Knaben, welche in die Schule müssen, das Haar gekämmt und gescheitelt und ihnen für die Zeit ihrer etwaigen wissenschaftlichen Bestrebungen einen physischen Halt in der Gestalt eines buttergeschmierten Milchbrodes in die Mappe gesteckt. Dem fernern dringenden Gesuche der Knaben wegen Kirschen und Johannisbeeren wird die mütterliche Antwort: vielleicht Nachmittags, wenn Ihr fleißig und artig gewesen seid! Die deutschen Knaben begnügen sich mit dem Versprechen, springen lustig fort und geben keine Antwort, als ihnen noch auf der Treppe die Warnung zugerufen wird, unterweges keinen ihrer Kameraden oder andre Jünglinge zu prügeln und durch solche Action die selten ausbleibende und oft unangenehme Reaction zu provociren. Madam kehrt in die Wohnstube zurück, und wischt, während sie an ihren Gatten denkt, der als Deputirter in der fernen Residenz Diäten bezieht, den Staub von den Meublen. Wir thun Beide unsre Pflicht, sagt sie sich: er hält zuweilen eine Rede für das Wohl des Staates, ich sorge und handle für das Wohl unserer kleinen Wirthschaft. »Ach,« fügt sie seufzend hinzu, »wenn nur unsere Einrichtung erst ganz bezahlt wäre! Die Kinder kosten gar zu viel und...« Sie unterbricht ihren Seufzer, indem sie sich die weiße Schürze vorbindet und in die Küche geht, um nachzusehen, ob Charlotte, das Dienstmädchen, kein zu großes Feuer auf dem Heerde gemacht, und ob sie bereits dabei sei, die für den heutigen Mittagstisch bestimmten weißen Rüben zu putzen. Charlotte wird mit einigen nicht zu sanften Worten zu größerem Fleiße angespornt, »damit sie bald nach Hammelfleisch gehen könne.« Auch wird ihr angezeigt, daß sie Nachmittags die beiden Kammern scheuern müsse, weil...

Man klopft. »Herein!« Es ist der Briefträger. »Von meinem Mann!« ruft die Hausfrau und befiehlt dem Dienstmädchen, die geforderten sechs Pfennige auszulegen, da sie ihre Börse nicht bei sich habe. Plötzlich sinkt Madam halb ohnmächtig auf einen Küchenschemel und schreit: »Ach Herr Jesus!«

»Um Gotteswillen, was ist Ihnen, Madam?« ruft Charlotte.

»Nicht *Madam*, nicht mehr Madam!« keucht ihre Herrin mit hochklopfendem Busen. Ihr Gesicht, so eben noch bleich, röthet sich auffallend, ihre Augen strahlen Feuer. Endlich erhebt sie sich. »*Excellenz* sind wir!« ruft sie, »*Excellenz* bin ich! MEIN MANN IST MINISTER GEWORDEN!« Sie sinkt wieder auf den Schemel zurück. »Charlotte, laß das Rübenschaben! Mach das Feuer aus! Wir essen heut aus dem Hotel!«

Die Nachbarin tritt ein. Die neue Excellenz, sich schnell die Schürze losbindend, fällt ihr um den Hals und ruft: *Denken Sie sich, liebe Madam Pieseken:*MEIN MANN IST MINISTER GEWORDEN!«

Die freiwillige Anleihe.

Entweder.   Oder.

Der Magistrat von Oheu

geht damit um, die Hundesteuer aufzuheben und eine allgemeine

HUNDEFREIHEIT

einzuführen. Unverbürgte Nachrichten sagen, es sei bereits eine Commission niedergesetzt, welche nachfolgenden Entwurf einer Hunde-Verfassung vorlegen würde.

WIR

von Oheu's Gnaden, Magistrat von Oheu, erklären für das ganze Gebiet Unserer Residenzstadt hiermit öffentlich, feierlichst und für ewige Zeiten die *vollkommene Hundefreiheit* wie folgt:

§. 1.

Alle Hundegewalt geht vom Magistrat aus.

§. 2.

Die Regierungsform ist die hündisch-monarchische. Die Freiheit der Hunde ist unantastbar.

§. 3.

Da aber Freiheit ohne Ordnung und Gesetz nicht möglich ist, so sichern wir die Oheuer Hundefreiheit durch die nachfolgenden Gesetze.

§. 4.

Jeder Hund muß an einem Strick geführt werden.

§. 5.

Kein Hund darf blaffen oder bellen.

§. 6.

Von den §§. 4 und 5 sind nur *die größten Schweinehunde* ausgenommen, welche frei umhergehen und ungehindert blaffen und bellen dürfen.

§. 7.

Jeder Hund muß ein schwarz-weißes Halsband tragen, auf welchem die Worte: »Mit Gott, für König und Vaterland« stehen.

§. 8.

Außerdem muß jeder Hund da, wo der Schweif beginnt, einen Reif mit dem Oheuer Magistratsstempel tragen.

§. 9.

Kein Hund darf sich zu einem andern Kunststücke als zu dem einen sogenannten »Diener machen« abrichten lassen.

§. 10.

Das bekannte Nachforschen, Spioniren der Hunde untereinander darf, obschon eine anständige Form desselben wünschenswerth wäre, in keiner Weise beschränkt werden.

§. 11.

Die Moralität und Reinheit der Stadt Oheu machen es nothwendig, *die bisherigen unvermeidlichen, natürlichen Aeußerungen der Hunde auf ein dazu gesetzlich zu bestimmendes Lokal zu beschränken.* (Die Minorität verlangte sogleich für diesen Zweck die Redaktions-Lokale der Neuen-Oheuer- und der Tante-Zeitung anzukaufen.)

§. 12.

Jeder Liebhaber und jede Liebhaberin bedarf fortan eines vom Oheuer Magistrat auszustellenden Heirathsscheines.

§. 13.

Sämmtliche Hundebesitzer – mit Ausnahme Derjenigen, welche die Hunde zu ihrem Geschäft gebrauchen – sind Urwähler. Diese Urwähler wählen – denn nur so kann eine breiteste Grundlage verstanden werden – 100 Wahlvertreter, welche ihrerseits 50 Wahlmänner wählen, aus deren Mitte mittelst *directer Wahl* 10 Abgeordnete *behufs Vereinbarung einer Hunde-Verfassung* hervorgehen.

NACHTRAG.

Sollte die Hundebesitzer-Kammer verlegt und vertagt werden, so hat der Magistrat *Recht* und jeder *Hund* ist angewiesen, *freudig zu wedeln* wie andere anständige Hunde immer thun. *Knurrende* werden standrechtlich erschossen.

Oheu, im strengen Wintermond.

DIE COMMISSION FUER ENTWERFUNG EINES ENTWURFS
ZUR VEREINBARUNG EINER HUNDE-VERFASSUNG BEHUFS
DER ZU GESTATTENDEN HUNDE-FREIHEIT

Entwurf zu einer Livree
für die Mitglieder des Preußen-Vereins.

Poseke. Herjees, mir wird janz schwarz un weiß vor de Oogen! Also *so* sehen de Preußenvereiner aus?

Bumscher. Ja, bei *Die* haben wir de Reaction schwarz uf weiß. Se sind aber nich janz richtig costümirt. Die weiße Seite is eben so jut ihre Schattenseite wie die andere. Der schwarze Adler vorne muß schon *roth* jeworden sind, der Zopp hängt ihnen nich blos hinten, sondern ooch vorne, un uf ihren *Stock* muß stehen: *Mit Jott für König un Vaterland.*

Poseke. Früher hört' ick blos in de Naturjeschichte von schwarze un weiße Menschen. Die schwarz-weißen, det muß 'ne neue Erfindung sind.

Bumscher. So is et. Wenn se aber zusammenkommen un sich *vereinigen*, denn werden se *jräulich*.

Audienz der Reichs-Commissäre Welcker und Mosle in Olmütz.

Welcker, Mosle*(treten ein und verbeugen sich sehr tief).*

Der Kaiser von Oestreich. Grüß' Sie Gott, Servus! Wie geht's?

Mosle. Unterthänigst aufzuwarten, so ziemlich.

Welcker. Hoheit Reichsverweser haben uns beauftragt, Euer Majestät...

Der Kaiser von Oestreich. Ah, er laßt mi grüßen. I küß' d' Hand! Na, wie g'fallts ihm denn da in Frankfurt?

Mosle. Oh!

Der Kaiser von Oestreich. 'S is a scheene Stadt; 's is halt nur schad', daß sie so nah' an Frankreich liegt, wo sie so unruhig sein. I haltet's nit aus. Sagen's mer, wird sich denn der Hanserl, mein Vetter, noch lang' da aufhalten?

Mosle. Oh!

Welcker*(eine Tasse Chokolade nehmend, welche ihm präsentirt wurde).* Majestät... *(er taucht Bisquit ein)* die deutsche Centralgewalt... *(er trinkt Chokolade)...* die deutsche Centralgewalt...

Der Kaiser von Oestreich*(läßt seine Tasse fallen).* Schauen's, da schau' i eben zum Fenster 'naus auf d' Soldaten da unten im Hof und da is mir die Taazen in Gedanken auf die Erde g'fallen!

Fürst Windisch-Grätz. Ich würde niemals fallen lassen, was ich in Händen habe.

Mosle. Majestät, das Reichsministerium hat in seiner letzten Sitzung beschlossen...

Der Kaiser von Oestreich*(welcher falsch verstanden).* G'schossen? Jessus Maria und Joseph! I *laaß'* nit schießen in meiner Näh'! Wann's mer bericht't wird, kann i nix dagegen haben, aber das sakkermentische Geknall, den Mordspektakel in der Näh' mag i nit. *(Er betrachtet die Scherben der Tasse, welche ihm ein Kammerherr vorhält.)* 'S is just ane, wo die schöne goldne Kron' drauf is!

Fürst Windisch-Grätz*(schießt wüthende Blicke auf die beiden Reichs-scommissäre).*

Der Kaiser von Oestreich*(geht auf Welcker los und zeigt ihm einen Scherben der Tasse).* Da schauen's, die Kron' mittendurch. An der Chokolad' wär halt nix g'legen, aber die Taazen, die Taazen! *(Er drückt den Scherben in Welckers Hand).* Da haben's 's Stückel zum Andenken. Können Ihnen dabei an mi erinnern, wann's wollen. *(Er sieht Welcker eine lange Weile groß an.)* Wie heißen's?

Welcker. Welcker.

Der Kaiser von Oestreich. Wo haben's früher gedient?

Welcker. In Baden; ich war Professor in Heidelberg.

Der Kaiser von Oestreich. Ah, schauen's, wann i mi nit irr', so waren's a Aner von dene Schlimme, von dene Wühler, von den *Studenten!* Noa un da seind's jetzt in Frankfurt beim Hanserl ang'stellt und nehmen bei mir, beim Kaiser von Oestreich, a Schaa-len Chokolad'?

Welcker. Majestät!

Der Kaiser von Oestreich. Saub're G'schichten!

Mosle. Majestät, die deutsche Centralgewalt hat uns hergesendet, um über das Schicksal...

Fürst Windisch-Grätz*(heftig zu den Reichscommissären).* Meine Herren, dieses unaufhörliche Dringen in Seine Majestät den Kaiser ist nicht zu entschuldigen! Sagen Sie der deutschen Centralgewalt, daß Seine Majestät der Kaiser es ehrlich meint und mich zum Gene-rallissimus der sämmtlichen Truppen ernannt hat. Seine Majestät lieben sein getreues Volk und werden dasselbe gegen die Wühlerei-en der Feinde der Freiheit, *welche ohne Ordnung und Gesetz nicht möglich ist*, zu schützen wissen. *(Zum Kaiser.)* Darf ich Majestät in Allerhöchst Ihr Schlafzimmer begleiten?

Der Kaiser von Oestreich*(indem er mit dem Fürsten Windisch-Grätz abgeht, zu den beiden Reichscommissären).* Schamster Diener! B'hüt Ihne Gott!

Mosle*(sieht Welcker an).*

Welcker*(sieht Mosle an).*

Mosle. Wir sind zu entschieden aufgetreten. Vielleicht ist noch eine zweite Audienz möglich zu machen.

Auch eine Audienz.

Die Form der *Petition* ist sehr verschieden; viele unserer berühmten Schriftsteller und Dichter haben sich darin mit mehr oder weniger Glück versucht. Die beste bleibt die von *Klopstock*.

Scene aus der
Berliner Abend-National-Versammlung
unter den Linden
zur Vereinbarung mit den Constablern.

Motto: »Spaß muß sind!«
Homer.

Betrunkener. Schon wieder det Linden-Jedrängele? Wech hier, hier soll nich poletiekt werden, hier! Platz da, Koststaplers! Weeß der Deibel, en anständjer Mensch kann vor des Jedrängle von de Koststaplers jar nich mehr durchkommen. Et *sollen* keene Ufleefe mehr sind – Zusammenrottungen – sie sind von unsre jute Pollezei verboten, sind se. *(Steht still und schreit:)Die Zusammenrottungen von de Koststaplers sind von de Pollezei verboten!* Keene Bürjerwehr nich da, wie? Wo? *Hat Keener keene Bürjerwehr?(zornig)* Wovor is die Bürjerwehr da, wenn Jeder dhun kann wat er will? Wovor is die Bürjerwehr da, wenn Keener arretirt wird?

Ein Constabler*(zu mehreren Personen, unter denen der Betrunkene).* Bitte nicht still zu stehen! Sie müssen sich hier zerstreuen.

Betrunkener.*Det brauch'* ick nich! Ick bleibe hier stehen un zerstreue mir doch! Janz jut zerstreu' ick mir hier. Ick mache keene Revelution: ick jehe blos unter de Linden *spazieren*, det *kann* ick! Davor wird man denn doch den 18. un 19. März jehatt haben, det man noch unter de Linden spazieren jehen kann? Wie? Wenn ick unter *Akazien* jehen wollte, det wär' wat anders; des könnte mir verboten werden, weil die Akazien vor mir ordineeren souverainen Volker zu *vornehm* sind. *(Er hält einen Constabler auf, der vorübergehen will.)* Hör'n Se mal, stehen Se mal stille, ick habe Ihnen wat zu *sagen*, hab' ick Ihnen. Wie? Stehn Se doch *stille!* Sie *wackeln* ja. Wissen Se, Beliebter, eenziger, anjebeeter Koststapler, det det anjetzt mit die Linden un die andern Beemekens keene Jefährlichkeit mehr hat? Sagen Se det de Rejierung mit'n Compelment von mir. Im *März* war det Jehen hier jefährlich, damals *schlugen die Beeme noch aus*, anjetzt aber nich mehr. Ach Jott, *anjetzt* heeßt et, heeßt et: *Kuchen* aber keene Freiheit! Wo so Revelution? Wie? Wissen Se, wat anjetzt wieder blüht? *Jensd'armen* blühen, jute Seele! Soll ick Ihnen en Paar pflücken? Se riechen *sehr* schön, riechen se. Jensd'armen, Koststapler, Bürjerwehr, Pollezei, 20,000 Mann zweeerlei Duch, Neue Berliner Zeitung, Teltower Rüben, Staatsanwälte, Prinz von Preußen unjnädig, rechte Seite, Spandow, Magdeburg inspunnen, Heil Dir im Siejerkranz, Preußen-Verein, Cholera... *(sich mit beiden Fäusten Platz machend)*sehr scheene Jejend anjetzt, äußerst scheene Jejend!*(er steht still und zieht seine Flasche:)* Trost meiner Tage, entproppe Dir! Et is meine letzte Thräne von'n Friedrichshain.

Constabler. Wenn Sie hier laut sind, muß ich Sie arretiren. Janz ruhig!

Betrunkener*(läßt den Kopf auf die Brust sinken).* Wie? *Wo* sagen Se? *(dem Constabler leise, mit sehr heisrer Stimme zurufend:)* Hör'n Se mal, Herr Koststapler: derf man woll noch *Durscht* haben? *(Zu Anderen, welche singen und sprechen:)* Ssch! Ssch! Janz stille! Et soll *Ruhe* sind. Wecken Se den Majistrat nich uf. Preußen is wieder zu Bette jejangen. Ssch! Ssch! *(Er singt:)*

> Schlaf, Borussiaken, schlaf!
> Vorn Dhore stehn zwei Schaf'
> Ein *schwarzes* un ein *weißes*,
> Un wenn det Völkeken nich schlafen will,
> Denn kommt det schwarze un beißt et.

> *(Er setzt sich auf eine Bank.)*

So, ick von Jottes Jnaden werde ooch schlummern hier mitten drinn in de politische Demonschdrazion. Ick schlafe Rejierung; ick vereinbare mir mit Morpheussen wegen Drusel. Die *Störung* is vor immer ufjehoben, die *Druselfreiheit* einjeführt, aber erst muß en *Schnarchjesetz* ausjearbeet werden. *(Zu einem Herrn:)* Hör'n Se mal, ick will absolut schlafen! Haben Sie keenen Fächer bei sich? *Wedeln Sie mir mal de Koststaplers ab!* Die umschwärmen eenen so, man kann jar nich schlafen. *(Legt sich nieder.)*

Ein anderer Constabler.*Ruhig!*

Betrunkener*(springt auf).* Wie? Aha, ruhig. *(Er niest sehr laut)*Hetzsie!*(zum Constabler ganz leise:)* Entschuldjen Se, *ick* war et nich, et war meine *Nase.* Die is noch nich *ruhig*, die hat noch – hat noch ihren souvereenen Volkswillen, hat se noch – meine Nase! Wenn der Majistrat befürcht't, deß Preußen von den Hetzsie-Spektakel unterjehen könnte, denn laaßen Se mir lieber meine Nase abschneiden un schicken se nach Spandow uf vier bis fünf Jahre mit Verlust der Nationalkokarde. Oder schicken Se ihr in'n Preußen-Verein, wenn Sie jar keene Besserung mehr vermuthen. Wat Schlimmeres weeß ick jetzt nich mehr: die *Prangerstrafe* is ufjehoben. *(Er trinkt)* So, noch eenen *Korn* in Untersuchung ziehen un nu... *(legt sich nieder)* nu wer' ick wieder Patriote. – *(Mehrere lustige Herren setzen sich zu ihm.)*

Ein Herr*(ihm auf die Schulter klopfend).* Hören Sie mal: der Reichs-verweser un seine Frau lassen Sie grüßen!

Betrunkener*(sich aufrichtend).* So? Schön Dank! Meine Empfehlung zurück!

Der Herr. Ob Preußen in Deutschland oder Deutschland in Preußen aufgehen soll?

Betrunkener*(sich niederlegend).* Des wird sich finden. *(Richtet sich wieder auf)* Schafskopp! En Quart kann nich in en Achteljlas ufjehen, aber en Achtel kann in ne Quartflasche ufjehen, folglich muß Preußen in Deutschland ufjehen. *(Legt sich wieder nieder.)*

Ein anderer Herr. Wie denken Sie in Bezug auf das Zweikammersystem?

Betrunkener. Wie? Ick will *zwee* Kammern, will ick. In de *eene* Kammer will ick *alle* Koststaplers, damit se uns hier draußen nich incommandiren, un in de andere den Prinzen von Preußen janz *alleene mit seinen Sohn.*

Ein dritter Herr. Europa wartet auf Ihre Entscheidung über den *Adel.*

Betrunkener*(springt wüthend auf).* Wenn wir noch *eenen* Splitter von all die Stammbeeme übrig lassen, denn sind wir alle Ochsen! denn haben wir die janze Jeschichte von'n März umsonst jemacht, denn – denn sind wir nich werth, det uns – det uns der Preußen-Verein holt! Jesuiten un Adel: *futsch, reene futsch*, sonst koof ick unsre beede Nationalversammlungen en *Lutschbeutel.*

(Man hört lauten Gesang: »Was ist des Deutschen Vaterland?«)

Na nu ooch noch det ewije alte Lied. *Jesungen* haben wir det schon Anno Toback, wie de jroße Pollezei war, un de jroße Pollezei hat et ruhig mit anjehört. *Det* nützt nischt nich, *jar* nischt nich nützt et. Wat der Deutsche nich *dhun* will, det *singt* er. Mir schläfert. *(Er legt sich nieder.)*

Papageno aus der neuen Zauberflöte.

Früher.   —   Später.

Der Vogelfänger bin ich ja,
Stets lustig, heißa, hopsassa!

Gu—te Nacht, du schnöde Welt!

Neue Berliner Hymne.

Mel.: God save the King:

Heil Dir, o Brandenburg!
Jroß bist Du durch und durch
   Als Ministeer!
Du, der so rechtsjeleert,
Riefst zeitig noch Dein Kehr!
Und hast Dir stets bewährt
   Durch't Militair!

Du, der des Volks Popanz –
Freiheit – erkannte janz:
   Ha, ha, Heil Dir!
Führ' Deine Sache durch,
O Bri – bra – Brandenburg!
O Bri – bra – Brandenburg,
   Wir loben Dir!

Du bist ein Ministeer –
So Eenen jiebts nich mehr!
   – Prä – ä – sident!
Ein Bube durch un durch,
Ja, Bube durch un durch,
Wer unsers Brandenburg
   Zwecke verkennt!

Ach, wie Dein Ruhm erklung,
Als Du 'ne *Ver*fassung
   Uns octrojiert!
Der potsdämliche Troß,
Der Majisdraht's-Koloß,
Ja selbst die Tante Voß
   War sehr jerührt!

Heil, Heil, Heil, Heil, Heil, Heil!
Du bist der Krone Keil
   Auf Pöbels Klotz!
Der Seg'n, der Dich empfung,

Als Du die Nationalversammlung
Hemmtest in ihrem Schwung,
  Folg' Dir ihr zum Trotz!

Heil Dir, o Brandenburg!
Eintest mit tiefer Furch'
  Krone und Volk!
Weit soll Dein Ruhm erschall'n!
Weithin Dein Name hall'n!
Durch ganz Europa knall'n
  Auf Pulverwolk'!

Barrikade.

Ich laß nit schießen!

Kaiser Ferdinand von Oestreich schenkte bekanntlich bei der Katastrophe des ersten politischen Umsturzes in Wien seinen schlechten Rathgebern kein Gehör, sondern rief immerfort: »I *laß'* nit schießen! *I laß'* nit schießen!« Das war sehr löblich und sah dem guten Manne ähnlich. Solch Schießen in der Nähe ist nicht für alle Naturen; manche können das häßliche Knallen gar nicht vertragen. Später aber ließ der gute Kaiser, der sich vor dem Geräusch des Knallens nach Olmütz geflüchtet hatte, sehr bedeutend schießen, und es ist nicht seine Schuld, sondern nur die der Capitulation Wiens, wenn seine herrliche Hauptstadt nicht in Brand aufgegangen und 100,000 seiner geliebten Unterthanen niedergemetzelt wurden. Auch in Italien, in Ungarn und in Wien selbst folgte diesem gemüthlichen »I *laß'* nit schießen!« die scheußlichste Barbarei. Der junge Kaiser hat seine Geburt als solcher durch mehr als 101 Kanonenschuß bezeichnet. Und woher alle diese und andere Gräuel? Weil die Frankfurter Paulskirche, welche damals der Thron des deutschen Volkes war, kein Echo für die Leiden desselben hatte; weil es von dort aus nicht wiedertönte: »I *laß'* nit schießen!«

Feuer! Feuer!

Welcker, der Abtrünnige, und Mittermaier forderten alle Deutsche von der Nordsee bis zum Adriatischen Meere auf, am Vorabend des 18. Mai 1848 – Tag der Eröffnung des Frankfurter Parlaments – Feuersäulen auf allen Höhen aufsteigen zu lassen. Wir folgten; wir verbrannten alle alten Regierungs-, Congreß- und Bundestags-Akten und klatschten wie die Kinder vor Freude in die Hände, während der Teufel mitten in seinem Elemente stand und hohnlachte, daß wir nur die Akten hineinwarfen. Das Feuer ist erloschen – erloschen durch die Thränen der getäuschten Nation; der Qualm ist geblieben. Wer weiß, von welcher Seite her am diesjährigen 17. Mai Feuer commandirt werden wird! Vielleicht umgekehrt: von den *Höhen* auf *Frankfurt.*

Antrag im Frankfurter Parlament.

Die regierende deutsche National-Versammlung wolle beschließen:

Die Türken werden durch Deutsche aus der Türkei fortgejagt und die Türkei durch deutsche Auswanderer besetzt. Die europäische Türkei hört als solche auf und wird unter dem Namen »Deutsch-Proletarien« ein neuer Staat des Bundesstaates Deutschland. Die Deutsch-Proletarier wählen sich einen König mit männlicher Erbfolge.

Motive:

a. Die europäische Türkei ist ein sehr schönes und reiches Land.

b. Die Türken gehören nach Asien; es wäre Unrecht, gegenwärtig einer Nation noch länger ihr erstes Nationalrecht vorzuenthalten.

c. In Europa hat jeder Mann an *einer* Frau genug; kein Europäer darf gleichzeitig zwei oder gar mehrere Frauen haben.

d. Deutschland ist übervölkert; der Boden reicht nicht mehr aus, alle unsre Fürsten und Brüder anständig zu ernähren.

e. Deutschland wird durch die Armen auf dem Lande und in den Städten beunruhigt. Die Armen ziehen nach der Türkei, erobern dieselbe und lassen ihre Familien nachkommen.

f. Die Türkei liegt uns näher als Amerika; die Uebersiedelung nach Amerika kostet zu viel Geld. Was die Eroberung der Türkei kostet, bleibt im deutschen Lande.

g. Einer *andern* Nation kann die Türkei nicht angehören, da Deutschland (durch den Antragsteller) zuerst auf die Idee gekommen ist, die Türken fortzujagen.

h. Die *monarchische* Staatsform des neuen Landes ist nothwendig, damit die Deutsch-Proletarier niemals vergessen, *wie traurig es ihnen einst ergangen.*

Königliche Hunde.

Der im vorigen Jahre in's Whig-Ministerium eingerückte Lord Granville war bis dahin »Oberaufseher der königlichen Jagdhunde«. Diese einträgliche Stelle des englischen Hofes, meldete damals die Gazette, *ist so eben wieder besetzt.* Im Jahre 1848! Der Adel hat *gar keine Schaam:* wenn er nur das Volk knechten kann, ist er selbst gern der gemeinste Knecht der Kronen.

Seine Majestät

der Kaiser von Rußland haben zuweilen Gedanken, welche durch einen wunderbaren Zufall andre Personen schon früher gehabt haben. In einem seiner Ukäse nennt er sich Beherrscher aller Gläubigen – nicht wie Rothschild, Gläubiger aller Beherrscher – und im Palaste der Czären sagte er zu einem der Gesandten: »In meinem Reiche geht die Sonne nie unter!« – »Des jloob' ich,« würde ihm der Herr Rentier Buffey geantwortet haben, »dazu müßte sie erst *uf*jejangen sein.«

Nachricht aus französischen Blättern.

»In Paris findet gegenwärtig ein finanzieller Congreß Statt. Die Chefs der Häuser *Rothschild* in London, Wien, Neapel und Frankfurt berathen mit dem Chef des Pariser Hauses Maßregeln, durch welche der gesunkene europäische Credit gehoben werden könnte.«

Unter den Linden.

A. Wat meenste, Brusicke, det in de Voß'sche so uf de *Barrikaden-Helden* jeschimpft wird, haben wir det um de Provinzen verdient?

B. Ja woll, det haben wir. Denn man soll *keenen Steen* uf seine Brüder werfen, am wenigsten uf die, die einen *wat vorschießen*.

A. Na aber *die* Meinung haste doch nich, Brusicke, deß die Arbeitslosigkeit un des Leiden un des Malheur jetzt in Preußen durch de Freiheit entstanden is?

B. Ne, jonich, da müßt' ick der bockdämlichste Esel von Reactionair oder Jeheimrath sind. Det sind janz *alte Wunden* von de Tyrannei: wir haben blos det *Pflaster ufjerissen*.

Die neue Berliner Zeitung,

welche in der Deckerschen *Wirklichen Geheimen Ober-Hofbuchdruckerei Excellenz* erscheint, ließ seine Probenummern zur Zeit des vorjährigen *Wollmarktes* erscheinen. Die Berliner meinten, *diese* Zeitung stände zwar nicht mit *der* aber mit *dieser* Zeit in genauem Zusammenhang. Denn die Tendenz der Neuen Berliner Zeitung sei offenbar für *diejenigen Köpfe* bestimmt, um welche sich *die absolute Idee aller Wollmärkte* fortwährend *realisirt.*

Gebildet.

Man liest oft in den Zeitungen: das neue Ministerium ist *gebildet.* Später beweist sich das Gegentheil.

Besoldet und unbesoldet.

Mehrere Berliner Journale waren darüber sehr böse, daß nach dem März 1848 nur die *besoldeten* und nicht auch die *unbesoldeten* Mitglieder des Magistrats abdankten – bis eins der Journale darauf merksam machte, daß die Magistrats-Mitglieder *sämmtlich* gehaltlos seien.

Die neue Straßenliteratur

in Wien, Berlin und München nach den dortigen Revolutionen war erbärmlich, roh, gemein. Man kann sich das tollste Zeug gefallen lassen, wenn nur Ernst, Gesinnung und Sittlichkeit zu Grunde liegen; man kann die schöne Wahrheit *nackt* hinnehmen, aber *geschändet* darf sie nicht werden. Man soll *für* den Preßbengel schreiben, aber nicht *als.*

Kleine Gedanken.

Die Zeit ist der Strom des Geistes: Alles zieht an ihm vorüber. Da standen und stehen aber noch viele Esel am Ufer und glauben, daß *er* es sei, der vorüberziehe.

> Gestern noch von Gottes Gnaden –
> Heute schon voll großer Waden!

Es ist leichter, *für* die Freiheit zu dichten als *in* ihr. Wenn ein Ehemann seine Frau besingen soll, macht er ein albernes Gesicht.

Unverrücktes Festhalten.

Der Patriotische Verein von Demmin in Vorpommern bat die preußische National-Versammlung um »unverrücktes Festhalten am Zweikammersystem«. Ich bin auch gegen ein verrücktes Festhalten daran.

Die langweiligste Stadt.

Im September v. J. war *Jena* bedroht, unbedingt die langweiligste Stadt in Europa zu werden. Es sollte nämlich daselbst eine Versammlung sämmtlicher deutschen Universitäts-Professoren stattfinden. Die Sache lief indeß noch ziemlich glücklich ab: Die Berliner Professoren kamen nicht.

Der König von Preußen

sagte in Köln zu den Frankfurter Abgeordneten unter Anderem: »Vergessen Sie nicht, daß es in Deutschland *Fürsten* giebt.« Einige Monate früher hätte vielleicht ein deutscher Fürst zu den Vertretern des Volks das Gegentheil gesagt: *vergessen* Sie, daß es in Deutschland Fürsten giebt.

Baiern

hat sich seit der Revolution und der Abdankung Ludewigs sehr verändert. König Maximilian hat noch nicht vor seinem Bilde Abbitte leisten lassen.

In Wien

fanden *Arbeiter-Unruhen* wegen der Herabsetzung des Tagelohnes von 25 auf 20 Kreuzer statt. Die betreffenden Arbeiter hatten sich einen Popanz gemacht – der den Minister *Schwarzer* (!) vorstellte – und ihm 5 Kreuzer in den Mund gesteckt. Nachdem auf sie ohne Noth *geschossen und eingehauen* war, kamen ihnen andre Arbeiter, hochherzige Menschen, zu Hülfe. Alle waren wild aufgeregt und schrieen: *Tod* oder *Brod*! Das *Erstere* wurde ihnen gewährt, denn Volkswille ist höchstes Gesetz. Das Zweite brauchten sie nicht mehr, sonst würde wohl der freie Staat nicht angestanden haben, ihnen täglich so viel zukommen zu lassen, als ein Pferd kostet. – Die unglücklichen Arbeiter müssen sich künftig für alle hohen und harten Ohren verständlicher ausdrücken und nicht Tod oder Brod, sondern: Brod oder Tod! rufen, damit die Fürsten und die Bourgeoisie nicht wieder glauben, der erste Wunsch sei der dringendste.

Die calabresischen Provinzen,

hieß es in der Zeitung, werden fortwährend von starken Räuberbanden gebrandschatzt. Auch seine Majestät der König von Neapel ist fortwährend in seinem Cabinette beschäftigt.

Fremdes Militair,

das am 19ten August 1848 in Mannheim einzog, mußte aus den ihm eingeräumten Zimmern und Betten, von einer Legion *Ungeziefer* verfolgt, in den Casernenhof flüchten. In der nächsten Nacht verfolgte das Ungeziefer die Soldaten auch dort, so daß sie nach dem

Käfernthaler Wald flüchteten. Sind denn die Mannheimer *Homöo-pathen*?

Das Recht der Arbeit.

Viele Volksvertreter scheuen sich, in ihren Verfassungen das *Recht der Arbeit* auszusprechen; auch die französischen haben sich die *Freiheit* genommen, über das Recht hinwegzuschlüpfen. Warum spricht man nicht wenigstens das *Unrecht der Faullenzerei* aus? Allerdings gehören Beleidigungen gegen die höchsten und hohen Personen nicht in eine Verfassungsurkunde, aber warum beleidigt ihr die *besten*?

Wenn

die Regierungen nicht unbedingt den Beschlüssen der Frankfurter Nationalversammlung nachkommen, nicht die Grundrechte gesetzlich einführen und die Reichsverfassung annehmen wollen, denn... *fange Feuer, deutsche Dummheit! verwildere zum Liberalismus, sanftmüthige Germania, und jede Faser recke sich auf zu einer Petition!*

»Berlins Gegenwart und Zukunft.«

So hieß eine Brochüre, welche bei Leopold Schlesinger in Berlin erschien und 3 Silbergroschen kostete. Ich bemerkte dabei, daß in den *Silber*groschen viel Kupfer enthalten sei und der König nach einiger Zeit roth werde.

Nicht ich!

Der Obrist eines preußischen Garderegimentes, das in Schleswig gefochten hatte und sich nach diesem glorreichen Kriege für seine Leitung bedankte, sagte zu den Soldaten: »Nicht ich, sondern das preußische Ministerium hat Euch angeführt.«

Berliner Demagoge.

Demagoge. Rasiren Sie für einen Silbersechser?

Barbier. Hurrjeeses!

Constitutionelles Aufhängen

Ueber dem Leichnam des meineidigen und volksverrätherischen Kriegsministers Latour soll eine Tafel mit den unwürdigen Worten gehangen haben:

Die Person des Kaisers ist unverletzlich.

Die Vossische Zeitunke

versucht es fortwährend, verschiedenen Abgeordneten der linken Seite ihre Ehre zu nehmen. Ich verdenke ihr das nicht. Jeder sucht das zu erreichen, was ihm fehlt.

Berliner Entwaffnungsscene.

Personen:
Ein Gardelieutenant.
Ein Bürgerwehrmann.

Lieutenant*(mit Soldaten eintretend).* Haben Sie eine Waffe?

Bürger. Nein!

Lieutenant. Sie gehören doch zur Bürgerwehr?

Bürger. Ja!

Lieutenant. Wo haben Sie denn Ihr Gewehr gelassen?

Bürger. Weggetragen.

Lieutenant. Auf Ehre, Sie sind sehr einsylbig.

Bürger. Unsre Ehre ist durch zwei Sylben befleckt.

Lieutenant. Haben Sie eine Bescheinigung über das Abliefern Ihres Gewehres?

Bürger. Hm!

Lieutenant. Wo ist sie?

Bürger. Wollen Sie sie haben?

Lieutenant. Versteht sich!

Bürger. Ach, ich wollte, Sie hätten sie schon, aber – ich glaube nur, Sie nehmen's mir übel, wenn ich sie Ihnen gebe.

Lieutenant. Wie so?

Bürger. Ja, seh'n Sie, Herr Gardelieutenant, ich wollte das Gewehr gestern Abend abliefern, da kamen mir unterwegs ein paar handfeste Kerle entgegen, nahmen mir ohne Weiteres das Gewehr ab und gaben mir, als ich mich sträubte und eine Bescheinigung verlangte, *ein paar Ohrfeigen,* und zwar solcher Art, daß mir Hören und Sehen verging. Nun weiß ich nicht, ob ich...

Lieutenant*(zu den Soldaten).* Rechtsum!

Bürger. Empfehl' mich Ihnen, Herr Gardelieutenant! An meinem guten Willen liegt es wahrhaftig nicht, daß Ihr Auftrag ohne das gewünschte Resultat geblieben. Und wenn General Wrangel selber käme, ich könnte eben nicht mehr geben als ich besitze.

Ich sehe keine Reaction!

Das ist das beliebte Stichwort aller Reactionäre. In der Unterdrückung aller Volksfreiheit durch die Polizei-Centralgewalt in Frankfurt; in dem Auffärben des fahl gewordenen östreichischen Purpurmantels durch frisches Bürgerblut; in der Ermordung des Reichsdeputirten Robert Blum; in dem östreichischen Hohn gegen Deutschland; in der brutalen Apostasie fast sämmtlicher Notabilitäten des früheren Liberalismus; in der aus der Potsdamer Kamarilla hervorgegangenen Kanonenherrschaft; in der allgemeinen Demokraten-Verfolgung; in dem frechen Wiederauftreten des Adels, des Hofgesindels, der gutsherrlichen Tyrannen, der Philister u. s. w. u. s. w.; in alle Dem sehen die Reactionäre keine Reaction. – *So sehen auch die Maden den Käse nicht, in dessen Mitte sie arbeiten.*

Übersetzungen.

Was heißt *hohe Gerechtigkeit?*	Brandenburg.
Was heißt *väterliche Liebe?*	Wrangel.
Was heißt *Weisheit?*	Kanonen.
Was heißt *Von Gottes Gnaden?*	Manteuffel.

Schach!

Die Leipziger Illustrirte Zeitung theilte vor einiger Zeit eine wissenschaftliche Aufgabe mit, in welcher es sich darum handelte, *den König in drei Zügen matt zu machen.* Wir hatten sie nicht lösen können, glauben aber, daß die Bauern der Gegenpartei nicht stehen bleiben dürfen.

Der electro-magnetische Telegraph

von *Berlin* nach *Potsdam*, welcher bei den letzten Unruhen zerstört wurde, ist nicht sogleich wieder vollkommen hergestellt. Die erste Probe des reparirten fiel sehr ungenügend aus. Man fragte von Berlin aus: »*Wie ist das Befinden?*« – und erhielt zur Antwort: »*Halb Sieben.*«

Neues chinesisches Offizierlied.

Mel. Hör' uns, Allgütiger!

Wende, Allmächtiger!
Ewig Allgütiger,
Von uns den Blick, den gerechten!
Anfang, Dich höhnen wir,
Ende, Dich fürchten wir,
Wir, die das Vaterland knechten!

Von Haß, von Wahn bethört,
Schwingen wir unser Schwert
Für die Paläste der Lüge!
Uns führt die Kriecherschaar,
Jedweder Ehre bar,
Jauchzend zum schmachvollsten Siege.

Bruder- und Freundesmord!
Ist unser Losungswort,
Fluch ist der Preis unsres Muthes!
Ach, nach des Kampfes Drang
Ist unsres Namens Klang:
Henker des eigenen Blutes!

Phi-fi.

(Aus den Mittheilungen des englischen Missionärs Medhurst.)

Vereinbarung à la mode.

Bruse. Sag' mal, Spitzel, wat is denn det eigentlich vor'n Ding: *Vereinbarung?*

Spitzel. Det will ick Dir sagen. Seh' mal, wir jeben Jeder 12 Jroschen un jehen in 'ne Resteration un lassen uns zusammen en *Braten* machen, den wir zusammen verzehren wollen. So wie nanu der Braten uf den Disch kommt, so *vertag'* ick Dir uf drei Wochen, schmeiße Dir von Disch weg un esse derweile den Braten alleene. Dieses nennt man *Vereinbarung.*

Bruse. Man nich?

Spitzel. Ja, frage man Brandenburgen, wenn De mir nich jloobst. Der hat sich ooch vereinbart un hat jejenwärtig noch Jabel un Messer in de Hand. Die Jabel heeßt *Mandeibel* un det Messer *Wrangel.*

Ultima ratio

hat in Berlin das Tragen der *rothen* Kokarde, der *rothen* Federn, *rothen* Fahnen u. s. w., überhaupt jedes Sinnbildes der »*rothen Republik*« verboten, wie sich der Kanonenstyl ausdrückte. Ich habe nicht erfahren können, ob der *rothe Adlerorden* getragen werden darf.

Verlorene und gestohlene Sachen.

Das Oberkommando des Berliner Belagerungszustandes gestattete der freien Presse an den Ecken unter wenigem Andern auch »verlorene und gestohlene Sachen« anzukündigen. Darauf erschien folgendes Plakat:

Verlorene und gestohlene Sachen:

Habeas-Corpus-Acte,
Pressfreiheit,
Associationsrecht,
Freier Verkehr,
Civilgesetz,

Volkssouverainetät,
Volksbewaffnung,
Volksvertretung,
Gerechtigkeit,
Vertrauen.

Der junge

Kaiser von Oestreich will heirathen. Ich würde ihm die schöne »Germania« vorschlagen, wenn dies Weib nicht die feile Dirne so vieler Buben wäre.

Radetzky's Armee

hat den *Po doppelt* überschritten. Ich hege die Hoffnung, daß die Italiener sie zwingen werden, ihnen dies noch einmal zu zeigen.

Der Büreaukrat.

»Du, Neroken, nimm dir in Acht: mit so'nen Beamten mußte dir
nich inlassen, det is 'ne *Milchbüreaukräte!*«

Eine erste Kammer.

- Sie heißt bei dem Volke die *Geldkammer*, die *Kammer der Wühler*, die vornehme Pöbel-Kammer, *Geheimeraths-Jammer*, *Rumpelkammer*, bei den Demokraten die *Schlafkammer*, bei den Republikanern die *Todtenkammer*.

- Mehrere Bürger der Hauptstadt hatten die Absicht, ihre unartige Kinder für jedes Vergehen eine Sitzung der *ersten Kammer* beiwohnen zu lassen. Die elterliche Liebe siegte indessen und die Kinder bekamen blos Prügel.

- Als neulich einer unsrer tüchtigsten Politiker einer Sitzung der *ersten Kammer* beigewohnt hatte, zuckte er mitleidig die Achseln und sagte: »Es freut mich, daß sich die Regierung für das *Einkammersystem* ausgesprochen hat.«

- Ein junger, blühender und reicher Preuße gerieth neulich in die *erste Kammer*. Zwei Stunden später entschloß sich derselbe zur Auswanderung nach – Lappland, um seine ferneren Tage angenehm zu verleben.

- Der beste Einfall, den die *erste Kammer* haben könnte, wäre der der Decke.

- Die *erste Kammer* wünscht auch eine Volkskammer zu sein. Sie will nächstens daher den Beschluß fassen, vermittelst der Presse das Volk an ihre Existenz zu erinnern.

- Eine schöne Braut erhielt neulich von ihrem Bräutigam ein Billet zur Tribüne der *ersten Kammer*. An demselben Abend noch schickte sie ihm den Verlobungsring zurück.

- Da die *erste Kammer* eine sehr schmale Grundlage hat, so drängen sich die Mitglieder so dicht zusammen, als ob ein Gewitter im Anzuge wäre.

- Ein sehr zerstreuter Literat, mosaischen Glaubens, wollte in die zweite Kammer gehen und gerieth in die *erste*. Erst als er sich auf der Tribüne befand, erkannte er die drohende Gefahr, rief laut: »Wie haißt?« und rettete sich, indem er hinausstürzte.

- Die *erste Kammer* ist *wirklich*. Folglich hat Hegel Unrecht.[1]

---

[1] »Was vernünftig ist, das ist wirklich, und was wirklich ist, das ist vernünftig.«

- Die Setzer der Zeitungen, welche bisher die Verhandlungen der *ersten Kammer* setzten, haben die Arbeit eingestellt.
- Ein homöopathischer Arzt verordnete neulich seinen Patienten, welche an *Starrkrampf*, am *Weichselzopf* und am *freiwilligen Hinken* litten: »Täglich zwei Stunden *erste Kammer*.«
- Zu Stenographen für die *erste Kammer* hat man nur Ausländer genommen. Es bereitet sich deshalb eine Riesen-Dankadresse für das Ministerium »wegen Schonung der Landeskinder« vor.
- Ein Minister, welcher neulich zum ersten Male der ersten Kammer beiwohnte, rang nach dem Schlusse verzweiflungsvoll die Hände und rief: »Und *darum* Räuber und Mörder!«
- Ein pflichtgetreuer Nachtwächter war vor Kurzem durch Familienränke so weit gebracht worden, eine Debatte in der *ersten Kammer* mitanhören zu müssen. Eben als einer der Geheimenräthe – der hier sein eigner Gegensatz wurde – von der Tribüne herab sprach, begann der Nachtwächter drei Mal zu pfeifen und rief: »Zwölf ist die Glock!«
- Wenn eine *Eins* (1) da wäre, welche man vor die Mitglieder der *ersten Kammer* stellen könnte, so käme eine fast unaussprechlich große, runde Zahl heraus.
- »Himmel, diese Masse *Zöpfe*!« rief *Dr.* Ernst Heiter, als er in die *erste Kammer* trat. »Aber woran haften sie?« –

Wenn sie ihre Zöpfe abzuschneiden uns erlaubten,
Müßten wir die Kammerherren sämmtlich ja enthaupten!

- Der Staatsanwalt trug neulich gegen einen schweren Verbrecher auf »drei Monat *erste Kammer*« an. Der Vertheidiger verwies aber die Richter auf die deutschen Grundrechte, nach welchen die Todesstrafe aufgehoben ist. Da die Richter diesen Einwand anerkannten, kam der Angeklagte mit »Zehn Sitzungen« davon.
- In einer Volksversammlung wurde einstimmig angenommen, die Regierung um einen unbestimmten Urlaub für die

erste Kammer anzugehen, »da die Mitglieder derselben sehr krank seien und eine Besserung kaum zu erwarten stehe.«

- Ein reactionärer Zeitungsschreiber beklagte sich, daß er in der zweiten Kammer zwar viel Geschrei, aber *wenig Wolle* gefunden habe. Man führte ihn nach der *ersten Kammer* und – er war zufriedengestellt.

- Die *erste Kammer* beabsichtigt, die progressive wie überhaupt jede Einkommensteuer zu verwerfen, und dagegen die *Kopf*steuer einzuführen. –

- Die *erste Kammer* hat keine linke Seite, also kein Herz.

- Man glaubte Anfangs, die *erste Kammer* würde jedwede *Freiheit*, als »ein mit einer nothwendigen starken Regierung nicht zu vereinbarendes Element« verwerfen. Dieser Verdacht war ungegründet. Sie hat bereits die Porto-Freiheit für ihre Mitglieder angenommen.

- Ein Tuchfabrikant ist bei der Regierung um die Tuchlieferung für die Livreen der Mitglieder der *ersten Kammer* eingekommen.

- Die *erste Kammer* wird gar keine Interpellationen gestatten, da diese »zeitraubend« sind, und *Zeitraub* in der *ersten Kammer* ein Pleonasmus wäre.

- Die Mitglieder der *ersten Kammer* werden künftig immer nur für die Monate Mai bis August zusammenberufen werden, da dieselben in den Monaten ohne r am besten sind.

- Da die *erste Kammer* nicht vereint mit der zweiten gehen kann, so wird sie für sich allein bleiben. Wir bedauern sie wegen dieser schlechten Gesellschaft.

- Die einzige *Erhebung* in der *ersten Kammer* ist die der Mitglieder beim Abstimmen. Dagegen ist ihr geistiges Elend sehr rührend.

- Wenn die nicht aus dem Volkswillen hervorgegangene *erste Kammer* vom Volke zertrümmert wird, erlebt sie ihren ersten und einzigen großen Moment.

- Als die *erste Kammer* zum ersten Male eröffnet wurde, hatte sie sich überlebt.

Aus dem Tagebuch eines Berliner Arbeiters

Dännemärkerken.

Zu besiegen det marklose Dännemark,
Det war doch für uns en wahrer Quark,
Aber jejen drei oder vier Diplomaten
Sind wir sogleich – in die Tinte jerathen.

Man immer englisch.

Jetzt haben wir schon Konstaplersch hier
Janz nach de englische Manier;
Nu noch en adlijet Oberhaus,
Denn ha'n wir jespaßt, denn is et aus!
Mir scheint als wollten Die, die rejieren,
Unsre errung'ne Freiheit *englisiren*.
Det heeßt: die *englische Krankheit* jeb'n se uns jern,
Die *Jesundheit* von England halten se fern.

1 = 10.

An Deutschlands bald'ger 1heit
Da 2fle ich noch sehr;
Ick jebe keenen 3er
4 diese Hoffnung her.
5 Nationalitäten
Sind, wo 6 Deutsche stehn,
Die Alle abzu7,
Gebt 8, det wird nich jehn:
Viel sind dem 9 noch abhold
Vom Scheitel bis zum 10.

Zu Weihnachten.

Bis zu Weihnachten bau'n se an de Verfassungs-Pergamide:
Kinder, nu wird uns bescheert! Heißa, der Niklas is da!

Der Prophet.

Mel.: Gieb, blanker Bruder, gieb uns Wein etc.

Nu, Brüderken, noch eenen Schnaps,
Komm, Brüderken, schenk' ein!
Denn krieg' ick den prophet'schen Raps
Un werd' Dir prophezeihn.

Du wirst et balde einjestehn,
Det ick der Klügste bin,
Drum merke Dir die Worte schön
Un ihren tiefen Sinn.

En König is en mächtjer Herr,
Bei Jott, ick sag't nich jern;
Is eine Nußschaal' jänzlich leer,
So hat sie keenen Kern.

Minister sind sehr kluge Leut,
Wenn sie recht weise sind;
En Wallfisch is in Wirklichkeit
Viel jrößer als en Stint.

En Fink' is keene Nachtijall,
En Bäcker is keen Rath;
En Volk jehört fast überall
Ooch mit zu eenem Staat.

Charlottenburg is keen Berlin,
En Schweinestall keen Haus,
Un schickst Du wo en Ochsen rin,
En Ochs kommt wieder raus.

En Knecht, det is keen freier Mann,

En Lieutnant keen Cap'tain;
Wenn Eener nich mehr vorwärts kann,
Bleibt er gewöhnlich stehn.

En Reiter uf det hohe Pferd
Sieht über Andre weck;
Wer stets den Blick nach oben kehrt,
Fällt manchmal in den Dreck.

En Deputirter is en Mann,
Der sitzt bald rechts, bald links;
Wenn Eener jar nich reden kann,
Denn schweigt er schlechterdings.

En Junker dumm un liederlich
Bläht oft sich wie en Pfau;
Der Esel läßt das Schreien nich,
Wird er ooch alt un jrau.

An eene Lüje stickt man nich,
Det wär' ooch sehr fatal,
Denn predigte keen Pfaffe nich
Mehr als en eenzig Mal.

Wer jar keen Jeld hat, der is arm,
Wer viel hat, der is reich;
Verschied'ne Herrn un Knechte sind
Nich Alle frei und jleich.

Wer eenen schweren Jeldsack drägt,
Der schreitet nich zu schnell,
Un wer sich in den Schatten legt,
Dem is de Sonn' zu hell.

Wer uf de frommen Fürsten baut,
Det is en frommer Christ;
En Huhn, wat sich dem Fuchs vertraut,
Det weeß nich, wat der frißt.

Constabler.

Tret' ick des Morjens aus det Haus,
Bejejent mir 'n Constabler!
Un kaum bin ick zehn Schritte raus,
So komm'n en Paar Constabler!!
Bis zu der Arbeetsstelle hin
Seh' ick noch drei Constabler!!!
Un wenn ick anjekommen bin
Da find' ick vier Constabler!!!!
Jeh' ick det Abends wieder fort,
So zieh'n mit mir Constabler!!!!!
Un unterwegs an jeden Ort,
Uf jeden Fleck: Constabler!!!!!!
Wend' ick mir rechts, wend' ick mir links,
Ick stoße uf Constabler!!!!!!!
Un noch im Traume, schlechterdings,
Umjeben mir Constabler!!!!!!!!
Nu halt' ick 't länger nich mehr aus,
Hier unter die Constabler!!!!!!!!!
Ick sterbe: uf den Kirchhof, Jraus,
Da stehen ooch Constabler!!!!!!!!!!

Gebet der belagerten Berliner.

Vater Wrangel, der Du bist im Schlosse,
Gepriesen sei, wie Brandenburgs, Dein Name
Zu uns kamen Deine Kanonen;
Dein Wille geschieht gegen Himmel und Erde!
Unser täglich Brod giebst Du den Soldaten,
Und vermehrst unsere Schulden,
Wie Du vertrittst die Schuldigen.
Führe uns nicht in Versuchung!
Sondern erlöse uns von dem Uebel,
Denn Dein ist der Geist des ganzen Preußens
Und seine Kraft und seine Herrlichkeit,

So lange es dauert. Amen!

Regenwetter

in Potsdam.

März-Note des deutschen Volkes.

Schreiben Sr. Excellenz des Ministers der innern Angelegenheiten des deutschen Volkes an Seine Excellenz den Minister-Präsidenten der deutschen Kamarilla.

»Ew. Excellenz bin ich gezwungen nachfolgende Note meiner Allerhöchsten Regierung an die deutsche Kamarilla zu übersenden. Das deutsche Volk glaubt sich an die bekannten erschütternden Begebenheiten des verflossenen Jahres erinnern zu müssen, in Folge deren allerdings wenig oder gar nicht mehr davon die Rede gewesen, welcher politischen *Ansichten* die Allerhöchsten, Höchsten und Hohen Personen waren, sondern vielmehr: welchen *Willen* das deutsche Volk hatte. Das deutsche Volk findet, im Widerspruche mit dieser Thatsache, in den jüngstergangenen Noten der deutschen Kamarilla überall nur den Ausspruch einiger Wenigen und glaubt sogar darin einen auffallenden Hohn gegen die sogenannte Souverainetät der Vierzig Millionen des deutschen Volkes ausgesprochen zu sehen, indem der Wille desselben eben gar nicht in Frage und Betracht gekommen sei. Die Allerhöchste Regierung des deutschen Volkes – nämlich dies Volk selbst – ist nun aber der höchst unbequemen und störenden Meinung, daß ihr weder ein Fürst noch eine Aristokratie noch irgend Wer den Mund verbieten könne und – *horribile dictu!* – sich sowohl Preußen wie Oestreich, Baiern, Hannover und überhaupt sämmtliche Sonderregierungen Allerhöchst seinem, dem Willen des deutschen Volkes, als dem einzig und allein geltenden, zu fügen hätten. Ew. Excellenz mögen ermessen, mit welchem Schmerze der Endesgefertigte der hocherleuchteten Regierung der deutschen Kamarilla eine Note übersendet, welche schon in so erschrecklich volksthümlicher Weise beginnt, und deren ganze innere und äußere Form im allerhöchsten Grade undiplomatisch genannt werden muß. Indem ich Ew. Excellenz die Versicherung hinzufüge, daß ich mich der Absendung solcher demokratischen Erklärung auf das Bestimmteste widersetzt haben würde, falls nicht für jeden Buchstaben in derselben ein bewaffneter Arm zu sehen gewesen wäre, bin ich sehr erfreut, bei dieser traurigen Gelegenheit Ew. Excellenz meine vollste Hochachtung und Ergebenheit aussprechen zu dürfen.

(gez.) Michel Michelowitsch.«

März-Note des deutschen Volkes an die deutsche Kamarilla.

Mit demjenigen Fußtritt, durch welchen Seine Durchlaucht der Fürst von Metternich im März des verflossenen Jahres nach England purzelte, haben Wir der drei Mal verdammten Diplomatie der Jahre 1815 bis 1848 den Ungnadenstoß gegeben. Wir werden deshalb Deine sprachlichen Schlangenwindungen nicht durch ähnliche beantworten; Wir werden verständlich, kräftig, entschieden, kernig, volksthümlich mit Dir, volksfeindliche Spitzbübin, kurz: Wir werden *einiges Deutsch* mit Dir sprechen. Wir sind nicht der Meinung Talleyrands, daß die Sprache dazu da sei, um Gedanken verbergen zu können; Wir wollen Unsere Gedanken durch die Sprache offenbaren, und wenn die *Gewalt*, welche immer zart schreibt und immer roh handelt, unsern Styl einen hölzernen nennen sollte, der die größte Aehnlichkeit mit einem Besenstiel habe, so werden Wir die verständliche Antwort geben: wo Unrath ist, muß ausgefegt werden! – Du, Kamarilla, kannst Uns nicht den Vorwurf machen, als hätten Wir Unsre Sprache geändert. Wir haben uns im März des verflossenen Jahres noch deutlicher gegen Dich ausgedrückt, als Wir's in diesem Augenblick thun, und Wir sind jeder Zeit bereit, das, was Dir zum Verständniß Unsres Willens fehlen sollte, deutlich zu ergänzen. Zweifle nicht! Nachdem Wir Dir alle Sünden und alles Unglück der er deutschen Schmachjahre 1815 bis 1848 zugeschrieben hatten, schrieben Wir Dir im März, frühlingsbegeistert, mit sehr langen Stahlfedern einen unfrankirten Brief. Wir drehten Alles um, ließen Dich das Porto des Briefes tragen und – machten *Uns frei*, denn in diesem Briefe stand mit großen Buchstaben und mit unauslöschlicher Dinte, mit derselben Dinte, in welche alle Cabinette gerathen waren:

Der Staat sind Wir!

Diesen großen Brief, gesiegelt mit dem rothen Blute unsrer Brüder: alle Fürsten Deutschlands haben ihn anerkannt, anerkennen müssen. Sie antworteten darauf: wir stellen uns unter den Schutz des souverainen Volkes; wir eröffnen die geforderte Wahl für die Frankfurter Nationalversammlung, welche constituiren soll die Freiheit und Einheit Deutschlands; wir schließen unsern verachteten, nichtswürdigen Bundestag; wir beugen uns in Ehrfurcht vor der Macht und dem Willen des deutschen Volkes.

Wie erhaben stand dies deutsche Volk da, als es die weiße Fahne der Freiheit und die schwarz-roth-goldene der Einigkeit schwang! Unterdrückte Völker legten sich an sein Herz, die Republik Amerika wand einen Lorbeerkranz für sein Haupt; der despotische Osten fiel ihm angstzitternd zu Füßen!

Da riefst Du, historische Hexe, Deine Schwesterhexen Furcht und Dummheit Nächtens auf, und zündetest das Höllenfeuer der Zwietracht unter dem politischen Hexenkessel an, warfst all die alten Fetzen und Lappen des absoluten Purpurs und des Pfaffenthums, Polizeifinger und Kanonen- und Wappen-Scherben hinein und kochtest daraus den *Guerilla-Krieg gegen das eigene Volk*. Nicht zu einer offnen, ehrlichen Schlacht fordertest Du Uns auf, das konntest Du nicht. Denn was, giftige Furie, würdest Du mit Deinen Kosackenlieutenants des hündischen Gehorsams, mit Deiner Paradengarde der Schnürbrust, mit Deinen armen Rittern der bunten Ordenslappen, mit Deinen Donquixoten der Geburt, mit Deiner Gänse-Kavallerie der Aktenfeder, mit Deiner Beutel-Artillerie des Wuchers, mit Deinem angeworbenen Lumpenvolk der Philister: gegen ein großes, freies Volk ausgerichtet haben! Nein, Du griffst zu dem kleinen Kriege der Ränke, der Verführung, der Bestechung, des Friedens- und Wortbruches, der Verbote, des Aufhetzens, des Heulens, Angstmachens und Einschüchterns, der Verlockung, der Brodentziehung, des plötzlichen Ueberfalls gegen Wehrlose, der einzelnen Belagerung. So vermehrte sich Dein Heer, so stieg Deine Macht wieder. Den Zweifelnden riefst Du die freche Lüge in's Gesicht: an all der Noth, der Unruhe und dem Unglück Deiner alten Tyrannei und Deines jetzigen Spitzbubenkrieges sei die schöne Freiheit Aschenbrödel schuld, und lachtest hinter dem Rücken der Furchtsamen und Ewigdummen, wenn sie Dir glaubten und sich Deinem Sündenheere anschlossen. Und nun Du Macht gewonnen durch Deine schlauen Jesuitenränke, Uebergriffe, Ueberrumpelungen und durch Deine Verbindung mit den Henkern der europäischen Freiheit, nun wirfst Du, Furie, die fromme Maske ab, und während das Feuer des Grimms und der Rache aus Deinen Augen blitzt, und Dein Fuß auf den Nacken des besiegten Volkes tritt, rufst Du mit brutaler Stimme: »Wo ist das souveraine deutsche Volk? Ich kenne kein solches! Niemand bestimmt über die Gestaltung dieser Staaten, welche mit ihren Leibeignen den 34 Fürsten gehören, als Ich, von Gottes Gnaden die deutsche Kamarilla! Und wer glücklich und zufrieden leben will,« fügst Du hohnlachend hinzu, »der lege sich unter meine gesetzlichen Füße!« Und zu Deinen Buhlern wendest Du Dich vertraulich und flüsterst ihnen in's Ohr: »Getrost, ihr Freunde und Freuden meiner Nächte! Noch wenige Monde, und das große deutsche Volk, das für unsre Pracht und unsre Schwelgereien seinen Schweiß vergießt, ist wieder euer Sclave und niedriger, gehorsamer, gedemüthigter als je!«

Aber juble nicht zu früh, hochgeborne Furie! Täusche Dich nicht über Deine Gewalt, Hexe der zerbrochnen Wappen! Der größte Theil und der beste und edelste des deutschen Volkes ist noch *nicht* unter Deinen Füßen. Millionen Brüder der Humanität stellen sich noch Deiner Lumpen- und Schurken-Heerde gegenüber und stehen gesammelt und todesmuthig unter ihrer Fahne: »Freiheit, Gleichheit, Brüderlichkeit!« Die *Demokraten* hast Du noch nicht besiegt, deutsche Kamarilla, und wirst sie nimmer besiegen. Sie speien vor Dir aus, wortbrüchige Hure. Sie zerreißen Deine anmaßenden Noten und werfen Dir die Stücke in's Gesicht. Sie erheben stolz ihr freies Haupt und an der Seite ihres begeisterten Herzens hängt das Schwert des göttlichen Menschenrechtes, des Zornes gegen die Tyrannei, der Bruderliebe für die Armuth. Freiheit oder Tod! ist ihr Schlachtruf und ihr Gesang:

> Und ist es Winter auch auf Erden:
> Die Geister und die Herzen glühn,
> Und Frühling, Frühling muß es werden,
> Und unsre Rosen müssen blühn!

Über tredition

Eigenes Buch veröffentlichen

tredition wurde 2006 in Hamburg gegründet und hat seither mehrere tausend Buchtitel veröffentlicht. Autoren veröffentlichen in wenigen leichten Schritten gedruckte Bücher, e-Books und audio-Books. tredition hat das Ziel, die beste und fairste Veröffentlichungsmöglichkeit für Autoren zu bieten.

tredition wurde mit der Erkenntnis gegründet, dass nur etwa jedes 200. bei Verlagen eingereichte Manuskript veröffentlicht wird. Dabei hat jedes Buch seinen Markt, also seine Leser. tredition sorgt dafür, dass für jedes Buch die Leserschaft auch erreicht wird.

Im einzigartigen Literatur-Netzwerk von tredition bieten zahlreiche Literatur-Partner (das sind Lektoren, Übersetzer, Hörbuchsprecher und Illustratoren) ihre Dienstleistung an, um Manuskripte zu verbessern oder die Vielfalt zu erhöhen. Autoren vereinbaren direkt mit den Literatur-Partnern die Konditionen ihrer Zusammenarbeit und partizipieren gemeinsam am Erfolg des Buches.

Das gesamte Verlagsprogramm von tredition ist bei allen stationären Buchhandlungen und Online-Buchhändlern wie z. B. Amazon erhältlich. e-Books stehen bei den führenden Online-Portalen (z. B. iBookstore von Apple oder Kindle von Amazon) zum Verkauf.

Einfach leicht ein Buch veröffentlichen: **www.tredition.de**

Eigene Buchreihe oder eigenen Verlag gründen

Seit 2009 bietet tredition sein Verlagskonzept auch als sogenanntes "White-Label" an. Das bedeutet, dass andere Unternehmen, Institutionen und Personen risikofrei und unkompliziert selbst zum Herausgeber von Büchern und Buchreihen unter eigener Marke werden können. tredition übernimmt dabei das komplette Herstellungs- und Distributionsrisiko.

Zahlreiche Zeitschriften-, Zeitungs- und Buchverlage, Universitäten, Forschungseinrichtungen u.v.m. nutzen diese Dienstleistung von tredition, um unter eigener Marke ohne Risiko Bücher zu verlegen.

Alle Informationen im Internet: **www.tredition.de/fuer-verlage**

tredition wurde mit mehreren Innovationspreisen ausgezeichnet, u. a. mit dem Webfuture Award und dem Innovationspreis der Buch Digitale.

tredition ist Mitglied im Börsenverein des Deutschen Buchhandels.

Dieses Werk elektronisch lesen

Dieses Werk ist Teil der Gutenberg-DE Edition DVD. Diese enthält das komplette Archiv des Projekt Gutenberg-DE. Die DVD ist im Internet erhältlich auf **http://gutenbergshop.abc.de**